Fire and Night

Zoe Violett

Anna

AF191584

Autorin

Unter dem bezaubernden Pseudonym Zoe Violett entführt die Autorin Leserinnen und Leser in die faszinierenden Welten ihrer Geschichten. Geboren und aufgewachsen im Herzen der grünen deutschen Landschaft, hat sie seit frühester Kindheit eine Leidenschaft für Literatur entwickelt. Zwischen den Seiten von Büchern und der Welt von Zahlen und Buchstaben balanciert sie seit ihrem Wirtschaftsstudium. Wobei sie feststellt, dass die Rationalität der einen keineswegs die Fantasie der anderen ausschließt.

In ihren Büchern verschmelzen Realität und Fantasie auf einzigartige Weise. Sie sind gespickt mit Sinnlichkeit, die Zoe als prickelnde Spielwiese der Worte betrachtet. Diese bietet den Lesern einen willkommenen Ausgleich. Mit jeder Seite entführt sie ihre Leserschaft in ein Abenteuer, in denen Träume Wirklichkeit werden und Grenzen zwischen Fiktion und Realität verschwimmen. Zoe Violett ist nicht nur eine Autorin, sondern eine Geschichtenerzählerin, die es versteht, Emotionen in ihren Lesern zu wecken und sie auf eine unvergessliche Reise zu entführen.

Wer mehr erfahren möchte, besucht die Autorin und entdeckt so ihre Welt.

www.heikegehlhaar.de - Instagram und TikTok @zoe-violett-autorin

Triggerwarnung: Dieses Buch enthält Textpassagen, die für Personen unter 18 Jahren nicht geeignet sind.

Jegliche Ähnlichkeiten mit realen Personen sind rein zufällig und von der Autorin nicht beabsichtigt.

Lieblingszitate:

Anna: Sie könnte die zwei Prachtexemplare männlicher Güte durchaus für Zwillinge halten.

Ingo: »Ich habe es schon mit einigen schüchternen Mädels zu tun gehabt. Aber du übertriffst sie alle. Du bist eben eine ganz besondere Frau.«

Anna: Dass mich ein Mann mit einem ungezogenen Verlangen konfrontiert, ist schon anstrengend genug, aber ich kann doch unmöglich zwei von ihnen wollen und das gleichzeitig?

Andreas »Vertrauen zu lernen, ist deine erste Lektion und zu gehorchen.«

Anna: Sie hatte verstanden, ihre Liebe nicht teilen zu müssen, ihr Herz gehörte nur ihm. Mit dem Verlangen verhielt es sich dagegen so, wie es beide prophezeit hatten. Ideen, die Sehnsucht nach ihnen erträglicher zu machen, davon würden Andreas und Ingo wohl genügend im Kopf haben.

Andreas: »Sie ist deine Frau, mein Lieber. Ich beteilige mich nur an eurem Spiel und erfülle Annas verborgene Sehnsüchte.«

Zoe Violett c/o COCENTER Koppoldstr. 1 86551 Aichach
kontakt@heikegehlhaar.de
ISBN Softcover: 978-3-8192-2651-9
Die automatisierte Analyse des Werkes, um daraus Informationen
insbesondere über Muster, Trends und Korrelationen gemäß §44b UrhG
(„Text und Data Mining") zu gewinnen, ist untersagt.

© **Coverdesign und Umschlaggestaltung: Florin Sayer-Gabor -
www.100covers4you.com Unter Verwendung von Grafiken von
Adobe Stock: Hanna Aibetova**

Verlag: BoD · Books on Demand GmbH, Überseering 33, 22297
Hamburg, bod@bod.de
Druck: Libri Plureos GmbH, Friedensallee 273, 22763 Hamburg

Bibliografische Informationen der Deutschen Nationalbibliothek:
Die Deutsche Nationalbibliothek verzeichnet diese Publikation in der Deutschen Nationalbibliografie; detaillierte bibliografische Daten sind im Inter-
net über http://dnb.d-nb.de abrufbar.

Kapitel 1

Montagmorgen, sechs Uhr dreißig, und es goss wie aus Eimern. Der Regen rann literweise am Fenster herunter. Anna streckte einen Fuß unter der Decke hervor und beschloss augenblicklich, ihn zurück ins Bett zu ziehen.

»Was für ein scheußliches Wetter«, knurrte sie. »Keinen Hund jagt man da vor die Tür.«

Es nützte nichts. Sie musste das warme Bett verlassen.

Vielleicht lässt der Regen nach, wenn ich aus dem Haus gehe.

Mit diesem Trost im Kopf verlor sich ihr Blick am Fenster. Wenn sie ehrlich war, gab es nur einen Grund, weshalb ihr der starke Regen die Laune verhagelte. Heute Morgen würde sie auf ihr liebgewordenes Ritual, den Flirt mit dem Kanalarbeiter, verzichten müssen.

Seit zwei Monaten lebte die gesamte Straße mit einer gigantischen Großbaustelle. Eigentlich echt nervig. Lärm, Schmutz, weite Wege und das für längere Zeit. Für Anna hatte jedoch mit dieser Baustelle etwas sehr Unerwartetes begonnen.

An einem Nachmittag - vier Wochen, nachdem Jochen ausgezogen war, musste sie sich neu sortieren. Zu allererst brauchte sie neue Möbel. An dem Tag, als diese angekündigt waren, sah sie panisch die Straße hinauf.

»Wo bitte soll der Möbelwagen halten? Vor dem Haus? Unmöglich! Ist das nicht schon schlimm genug? Jetzt fängt es auch noch an zu regnen.«

Annas zarte Stimme vermochte sich nicht gegen den Wind zu behaupten. Dabei hatte ihre Wut mehr aus ihr herausgeholt, als üblich.

Klar standen die Möbelpacker unter großem Zeitdruck. Sie hatten es sich einfach gemacht. Dann kam, was kommen musste. Die Männer zucken nur genervt mit den Schultern und stellten kurzerhand ihre Lieferung vor dem Nachbarhaus ab. Völlig verzweifelt hatte sie sich umgeschaut.

»Na, junge Frau. Es sieht so aus, als könnten Sie Hilfe brauchen«, hatte eine dunkle Stimme hinter ihr gesagt.

Dem musternden Blick des Mannes war sie für einige Sekunden ausgesetzt. Der hatte genügt, um sie in eine andere Umlaufbahn zu schießen. Dass ein Mann wenige Meter weiter das Geschehen beobachtete, war ihr entgangen. Er musste in seiner Baugrube gestanden haben.

Jetzt, wo sie sich daran erinnerte, blieb ihr spontan die Luft weg. Das lag nicht allein an ihm, auch wenn er völlig unerwartet neben ihr erschienen war.

Vielmehr war es Annas Unfähigkeit, sich spontan auf etwas Unvorhersehbares einzustellen. Ad hoc und aus dem Bauch heraus? Auf Anna bezogen, war das reine Utopie.

Verblüfft und erschrocken hatte sie in ein braungebranntes Gesicht geblickt.

»Oh, man, Anna, geht es auch einmal ohne die Rotumleuchte in deinem Gesicht?«

»Diese Frage …«, maulte sie stöhnend. »… wird mich wohl ewig verfolgen.«

Jochen war nicht der erste Mann in ihrem Leben, der sich über ihre Schüchternheit beschwerte oder unübersehbar amüsierte.

Viel zu schnell hatte sie damals das Gefühl der Ohnmacht abgeschüttelt. Möglicherweise ließ sie die Situation aus der Starre erwachen.

»Helle, türkisfarbene Augen«, sinnierte sie, noch immer unverändert mit der Nase an der beschlagenen Fensterscheibe hängend.

Diese durchdringende Farbe war tatsächlich nicht das Einzige, wonach ihre vernachlässigte Libido verlangte. Der raue, beinahe fordernde Ton, verpackt in zauberhaften Worten, kroch ihr gerade erneut unter dem Haaransatz entlang.

Während sie sprachlos an seinen Augen gehangen hatte, wartete er einfach. Sicher, sein verführerisches Lächeln war zu offensichtlich gewesen, als dass sie es nicht hätte zuordnen können. Allerdings hatte sie ihm genügend Zeit dafür verschafft.

Am Ende hatte sie nur wenige Sätze gebraucht, um ihm klarzumachen, wo die Möbel eigentlich hin sollten.

»So eine Frechheit!«, maulte sie damals. »Ich habe wirklich keine Ahnung, wie ich das alles nach oben kriegen soll.«

Ihr Ton hatte sich gewaltig von dem gewohnten Zwitschern unterschieden. Ein Zeichen für die Wut, die sie gepackt hatte.

Für den Mann mit dem sanften Lächeln in den Augen war das gar kein Problem. Er hatte nach seinem Kollegen gepfiffen und ihn herangewunken.

Bei den Worten: »Kleines, Berliner Männer beschreibt man nicht grundlos als kess und unkompliziert«, war ihr für Sekunden das Blut eingefroren.

Er hatte sie in einer Art gehaucht, rauchig und zugleich sinnlich, was sie gerade jetzt wieder auf ihrer Haut spürte. Nicht, dass sie sich mit so etwas auskannte.

»Gott bewahre«, murmelte sie völlig in ihre Erinnerung vertieft.

Dummerweise war es eben genau diese Intensität, die sich bis heute in ihre Träume schlich. Jeden Morgen erwachte sie mit Herzklopfen. Dass der Mann mit seiner frechen Art richtig lag, zeigten ihr die Möbel in der Wohnung, denn eine halbe Stunde später hatte sich jedes Möbelstück dort befunden, wo es sein sollte.

Seit damals flirtete er mit ihr. Sie plauderten ungezwungen. Es war inzwischen zur Routine geworden. Wenn es etwas gab, was Anna beherrschte, dann war es das Festhalten an täglichen Abläufen. Sie gaben ihr Sicherheit, nahmen ihr die Angst vor Ungewohntem.

Manchmal ist Neues sehr schön!, nörgelte die kleine Stimme in ihrem Kopf.

Verträumt drehte sich ihr Zeigefinger durch ihre dunkelbraunen Haarsträhnen. Dass diese Baustelle irgendwann aufgelöst werden könnte, hatte sie bis heute einfach verdrängt. Mehr, als einen harmlosen Flirt, wollte sie sich sowieso nicht erlauben. Auch so ein Meilenstein ihrer Existenz. Gäbe es Weltmeisterschaften im Verdrängen, Anna würde sie alle gewinnen.

Sie verdrehte die Augen und seufzte.

»Nicht einmal seinen Namen kennst du. Richtig«, ergänzte sie trotzig. »Und das ist auch gut so.«

Soweit wollte sie nicht gehen. Sie trug noch immer schwer an der plötzlichen Trennung von ihrer großen Liebe Jochen.

Hätte ihr das jemand vor Wochen gesagt, für komplett verrückt hätte sie ihn erklärt. Ihrer Beziehung mit Jochen war sie sich immer sicher gewesen. Alles war bis ins Detail geplant, die Hochzeit und anschließend Kinder. Damals hatten sie sogar über ein Haus mit Garten gesprochen.

Woher hätten denn Zweifel an der sicher geglaubten Zukunft kommen sollen? Obendrein kannten sie sich schon ein Leben lang, praktisch seit dem Kindergarten. Zwischen ihnen hatte es nie etwas Verborgenes gegeben. Dass er Handelsvertreter und immer unterwegs war, hatte für Anna nie eine Rolle gespielt. Schließlich gab es ja genügend Möglichkeiten, sich nahe zu bleiben.

Bis zu dem verhängnisvollen und für Jochen so enorm vielversprechendem Hongkonger Auftrag. Als er mit diesem Angebot nach Hause kam, hatte Annas Zeitrechnung einen neuen Anfang genommen. Schon nach einer Woche, als er zum ersten Mal vor Ort gewesen war, bemerkte sie eine Veränderung in seinem Gesicht. Eine weitere Woche verging und er sprach euphorisch von Plänen und unerfüllten Träumen. Eben allem, was er glaubte, in seinem bisherigen Leben verpasst zu haben. Das hatte er nun in Hongkong gefunden - so plötzlich – aber wie er sagte, war es unwiderruflich. Wieder eine Woche später und Jochen war ausgezogen. Die Wohnung war ihr zwar geblieben, nur mit kahlen, leeren Zimmern. Alles, was er besaß, hatte er in einen Container gepackt. Drei Tage später schipperte selbst ihr Bett über den Ozean und der neuen Bestimmung entgegen.

Anna wollte nie wirklich darüber nachdenken. Alles war so schnell gegangen. Sie konnte nichts weiter tun, als seine Entscheidung hinzunehmen. Unter Schock stehend, hatte sie das Unfassbare zugelassen. Ärgerlicherweise waren es seine Möbel gewesen.

Und was nun? Völlig durch den Wind hatte sie damals die Tür hinter sich ins Schloss gezogen. Mit einer notdürftig gepackten Tasche über der Schulter war sie erst einmal zu ihrer Schwester Milena geflohen. Die zog sie wortlos in die Arme, nahm ihr die Tasche aus der Hand, ließ sie ankommen und hatte dann einfach nur zugehört.

Dabei hatte Milena Jochen von Anfang an nicht gemocht. Sie fand ihn unzuverlässig und unberechenbar, was er ja nun unter Beweis gestellt hatte. Keine Vorwürfe, stattdessen Verständnis und Geduld hatten bereits Tage später Wirkung gezeigt.

Anna ging wieder zur Arbeit und begann, langsam Pläne zu schmieden. Etwas total Neues für sie. So lange sie sich erinnern konnte, hatte Jochen jede Entscheidung für sie getroffen. Sie fand das in Ordnung und, um ehrlich zu bleiben, auch äußerst bequem.

»Jetzt musst du lernen, auf eigenen Beinen zu stehen und das möglichst schnell«, hatte Milena erklärt.

Wie froh Anna war, dass sie wenigstens einmal auf ihre Schwester gehört hatte, konnte sie kaum sagen.

Als sie damals bei Jochen eingezogen war, hatte er auf ein gemeinsames Konto bestanden, was sie nicht akzeptierte.

»Bevor ich nicht deine Frau bin, werde ich meine finanzielle Unabhängigkeit nicht aufgeben.«

»Die beste Entscheidung deines Lebens«, wurde sie von Milena gelobt.

Und heute Morgen nun dieser Regen. Anna stand noch immer am Fenster. Das Grau des Himmels reichte bis zum Horizont. Dabei zeigte der Kalender den ersten Mai und der sollte eigentlich nach Frühling riechen. Das Schauspiel draußen zeugte aber eher von November. Annas Ärger war ungerecht. Den gesamten April über hatte das Frühjahr für Wohlfühltemperaturen gesorgt. In den Gesichtern der Arbeiter war die Kraft der Sonne ablesbar.

Dass die Männer, die jeden Tag körperlich schwer arbeiteten und dabei dem Wetter ausgesetzt waren, einen super Körperbau aufwiesen, stand selbst für Anna außer Frage. Wenn sie ehrlich war, faszinierte sie jedoch nur einer von ihnen.

Vor ihren verträumten Blick, der unverändert an der regennassen Aussicht klebte, schob sich das Bild eines braungebrannten Hünen.

»Gott, wie groß ist dieser Mann?«

Diese Frage hatte sie täglich auf den Lippen, wenn sie im Hausflur verschwand. Neben dem türkisfarbenen, unverschämten Blick waren es die feinen Grübchen um seine Mundwinkel, die sie anzogen. Anna war sicher, die hatte er sich mit seinem fröhlichen Gemüt geschaffen.

Eine halbe Stunde später verließ sie endlich die Wohnung. Im selben Augenblick spürte sie den Regen auf ihrem Gesicht. Ein Blick in die inzwischen vertraute Richtung - die Baustelle war verlassen.

»Natürlich, bei dem Scheißwetter kann keiner in der Grube stehen.«

Ihr Gemurmel klang nach Hoffnung. Als sie am Nachmittag in die Straße einbog, hingen ihre Augen am Straßenende. Die Baustelle schien endgültig verschwunden zu sein. Ihr Herz zog sich schmerzhaft zusammen.

Schade, aber nicht zu ändern, dachte sie.

Du vermisst ihn! Kopfschüttelnd stimmte sie der Besserwisserin in ihrem Kopf zu.

Bis heute hatte es keinen einzigen Morgen gegeben, an dem sie sein verschmitztes Lächeln und einige Worte nicht in den Tag begleiteten.

Er sprach wirklich nicht viel, überlegte sie. Vielleicht war die Gelegenheit zu kurz oder unpersönlich?

Du warst mit ihm nie allein!, wurde sie von ihrem Ego ermahnt.

Es genügte ihm vermutlich, um Annas Aufmerksamkeit zu fesseln.

»Guten Morgen, schöne Frau! Heißes Wetter heute.«

Floskeln, mehr war es nie, was sie austauschten. Kleine Gesten, ganz gleich wie belanglos, aber die besorgten ihr seitdem heiße, ungezogene Träume.

Eine Tatsache, die Anna am Anfang völlig durcheinander brachte. Irgendwann war sie bereit, wenigstens im Dunklen, die hitzigen Vorstellungen zuzulassen. Sie überfielen sie automatisch, sobald das Licht ausging. An eine, wie auch immer geartete Realität bloß zu denken, schloss sie bisher aus.

»Eher werde ich sterben«, murmelte sie wieder und starrte noch einmal sehnsüchtig in den Regen.

Wie vom Wetterbericht für die restliche Woche vorhergesagt, setzte die Sintflut in der Nacht wieder ein. Die Ahnung, ihn nie wiederzusehen, tat weh.

»Und das nur, weil du zu feige warst, ihn wenigstens nach seinem Namen zu fragen. Schließlich war lange vor dem großen Regen abzusehen, dass sich die Straßenarbeiten dem Ende zuneigten. Doch du wolltest es nicht wahrhaben, hast dich daran gewöhnt.«

Dass er täglich auf sie wartete, machte es noch schlimmer.

»Warum hat er nichts gesagt?«, murmelte sie ratlos. »Hör auf zu träumen«, knurrte sie ihr Gesicht im Spiegelbild der angelaufenen Fensterscheibe an. »Wenn ihm etwas an dir gelegen hätte, dann hätte er den Mund ganz sicher aufgemacht. Er musste doch wissen, wann die Straße fertig ist.«

Trotzdem, sie erinnerte sich lebhaft, wie er nur noch allein in der Baugrube stand. Ging sie ins Haus, war für gewöhnlich wenig später von ihm nichts mehr zu sehen.

»Das war doch keine Einbildung«, brummte sie erneut.

Noch Wochen später schaute sie wehmütig auf die ehemalige Baustelle. Die war inzwischen vollkommen verschwunden. Eine neue Straßendecke mit angrenzendem Fuß- und Radweg zeugte eindeutig von der Fertigstellung.

»Wie war das? Wer zu spät kommt«, sagte sie traurig. »Dabei wollte ich doch in Zukunft keinen Mann mehr ansehen.

War das nicht mein Plan gewesen? Den kann ich ja nun wunderbar in die Tat umsetzen.«

Anna erinnerte sich an die klaren Worte, mit denen sie ihr Konto vor Jochen beschützt hatte und wie er mit einem ungläubigen Kopfschütteln reagierte. So war die leere Wohnung zumindest finanziell keine größere Katastrophe gewesen.

Wie schnell sie sich an die neu gewonnene Freiheit gewöhnte, wurde ihr erst jetzt richtig bewusst. Sie hatte große Freude beim Einrichten ihres Zuhauses und das, allein nach ihrem Geschmack.

Die schnelle Hilfe der Männer aus der Baugrube hatte es ihr ermöglicht, ohne Probleme ein neues Leben zu beginnen - frei und unabhängig.

»Ja, frei und allein«, seufzte sie. »So wird es bleiben.«

Der Entschluss, in nächster Zukunft keinem Mann mehr vertrauen zu wollen, setzte ihr empfindlich zu. Leider wusste sie keinen anderen Ausweg.

Kapitel 2

Ein halbes Jahr später bekam sie ein Jobangebot, eine große Chance für ihre berufliche Karriere. Die lief um einiges besser, als ihr Privatleben. Dafür musste sie zunächst wieder umziehen.

Seit der unbekannte Schöne fort war, hielt sie hier ohnehin nichts mehr. An keinem Morgen schaffte sie es aus dem Haus zu gehen, ohne ihren sehnsüchtigen Blick die Straße hinaufzuschicken.

Wieder waren alle Möbel verladen. Sie saß in ihrem Clio und während sie sich anschnallte, sah sie ein letztes Mal zu der Stelle, an der sie allmorgendlich ein sonnengebräuntes Lächeln empfangen hatte. Stöhnend riss sie sich los, legte den Gang ein und fuhr dem Transporter hinterher.

»Dreihundertfünfzig Kilometer südlich wartet ein neues Leben auf dich und, wer weiß?«, versuchte sie sich zu trösten.

Montagmorgen - sechs Uhr dreißig und vor dem Fenster tobte ein Schneesturm.

Routinemäßig verfluchte Anna ihren Wecker und steckte zunächst den Fuß wieder unter die Decke. Eingemummelt wie ein Yeti verließ sie wenig später das Haus.

»Heute Nachmittag gehe ich in die Sauna«, versprach sie sich.

Mit einem Lächeln hatte ihr Nina, eine ihrer besten Freundinnen, diese Saunalandschaft empfohlen. Anna scheute die Öffentlichkeit. Nackt und allein unter Fremden, das war nun wirklich nicht ihre Welt. Beim Blick aus dem Fenster war sie jedoch fest entschlossen, es zu versuchen. Endlich ihr Leben umzukrempeln und etwas ganz Neues zu tun, stand ganz oben auf ihrer To-do-Liste. Für jeden anderen war so etwas alltäglich. Von Anna verlangte es jedoch, über ihren Schatten zu springen.

Stolz und zufrieden kehrte sie am Abend zurück. Die zunächst kurzen Saunagänge taten ihr gut. Langsam begann sie sich zu entspannen und schneller als gedacht, fühlte sie sich pudelwohl. Anders, als in ihrer Vorstellung, schaute niemand aufmerksam nach dem anderen.

»Es ist ein ungeschriebenes Gesetz«, hatte ihr Nina erklärt. »Jeder ist willkommen. Ungeachtet seines Alters oder Aussehens. Außerdem hat sowieso jeder mit sich selbst zu tun. Es gibt also keinen Anlass, sich zu verstecken oder zu schämen.«

Die Fünfundzwanzigjährige hatte keinen Grund für Scham. Ihr zarter Körper, feine Gesichtszüge, sanfte Augen und welliges langes Haar zogen stets die Blicke der Männer auf sich. Gäbe es da nur nicht ihre fast krankhafte Schüchternheit. Auf die hatte selbst Jochen zunehmend genervt reagiert.

Anna gewöhnte sich an ihre Lieblingssauna. Sie genoss es, wenn sie einfach nur gegrüßt wurde. Belangloses Austauschen von Alltäglichem fand sie sogar entspannend. Anschließend ging jeder seiner Wege. Vielleicht würde sie den einen oder anderen angezogen gar nicht wiedererkennen. Das kam der schüchternen Anna sehr entgegen.

So vergingen die Monate. Mitte März war es noch immer empfindlich kalt. Kein Vergleich zum Vorjahr, als der Sommer praktisch den Winter ablöste. Je näher der Tag kam, als sie hilflos mit einer Fuhre neuer Möbel auf der Straße gestanden hatte, desto öfter schlich sich das Bild des Mannes aus der Baugrube in ihre Erinnerung.

Seufzend blickte sie in den grauen Himmel. Es war ihr zum Heulen zumute. Weder der Neuanfang in einer anderen Stadt, noch die selbstgewählte Einsamkeit hatten sie die Sehnsucht nach ihm vergessen lassen. Sie wandte sich vom Fenster ab und beschloss, sich die Wärme, die sie brauchte, in der Sauna zu holen. Wenigstens, bis das Frühjahr endlich ins Land zog.

Freitagnachmittag betrat sie die Umkleide der Saunalandschaft. Der Eingangsbereich befand sich direkt gegenüber der Tür, die zur Sauna führte. Hinter Anna fiel die Tür zu. Unbewusst hatte sie bereits etwas wahrgenommen, nur für Sekunden, doch die konnten ihr durchaus einen Herzinfarkt bescheren.

Ihre Augen hingen an einem Mann. Nackt und von hinten, dabei von stattlicher Größe, schlank und sein Rücken mit einem Schatten Sonnenbräune überzogen. In der rechten Hand hielt er eine Sporttasche und mit der Linken griff er bereits nach der Türklinke zum Saunabereich. Wenige Augenblicke später war er dahinter verschwunden.

Anna bemerkte, dass sie nicht mehr atmete. Sie stand wie angewurzelt noch immer mit dem Rücken zum Ausgang und ihren Blick starr auf den verwaisten Zugang geheftet. Sie konnte schwören, den Oberkörper und diesen Hintern schon einmal gesehen zu haben. Mehr, als nur einmal. Im selben Augenblick wurde ihr klar, wie sehr sie diesen und den Mann, zu dem er gehörte, vermisste.

Dennoch zog sie sich in Zeitlupe um. Einerseits wollte sie nicht bleiben. Annas Gehirn arbeitete auf Hochtouren und befahl ihr, augenblicklich das Weite zu suchen. Das Herz hingegen raste. Es galoppierte förmlich und nagelte sie am Boden fest. Der Drang, sich schleunigst aus ihrer Wäsche zu schälen und ihn zu suchen - ihren Kanalarbeiter, war übermächtig. Dabei konnte er das streng genommen gar nicht sein. Oder doch? Was wusste sie eigentlich von diesem Mann?

Oh, verflucht, was mache ich denn jetzt?, jammerte sie still.

Der Blick gehetzt, wie der eines in die Enge getriebenen Tieres und mit einem Puls, der versuchte ihrem Hals zu entkommen, übernahmen ihre Füße eigenmächtig die Entscheidung.

Als sie endlich die Sauna betrat, war von ihm oder dem Mann, den sie für ihren Kanalarbeiter hielt, nichts mehr zu sehen.

»Kunststück, die Saunalandschaft ist groß - vier Saunen, mehrere Ruhezonen und ein Bistro - da muss man schon gezielt auf Suche gehen.«

Das wirst du gefälligst unterlassen!, befahl sie sich unweigerlich.

»Ich sollte abwarten. Zu hoffen, ihm zufällig über den Weg zu laufen, ist genauso feige wie damals, als ich vor der Haustür den Mund nicht aufgekriegt habe.«

Wenn du dich darauf verlässt, bist du ganz klar im Irrtum!, nörgelte die gemeine Stimme in ihrem Kopf.

Sie konnte sich beschimpfen, wie sie wollte. In keiner vorstellbaren Situation wäre sie selbst diejenige gewesen, die aktiv an den morgendlichen Routinen etwas geändert hätte. Das so sehr zu verdammen, schmerzte.

Egal, wie sehr sie ihr Zögern quälte, es half nichts. Darum hielt sie zunächst an ihrer Routine fest. Die versorgte sie zumindest mit einem Hauch von Sicherheit.

Die Kräutersauna war erfahrungsgemäß weniger besucht, das wusste Anna. In die finnischen Saunen mochte sie nicht gehen. Die waren ihr zu voll, weshalb sie ihrer Meinung nach nicht dorthin gehörte. Mit klopfendem Herzen zog sie die Tür zur Kräutersauna auf. Erleichtert, jedoch auch ein wenig enttäuscht erkannte sie, dass sie hier die Einzige war. Wie gewohnt, legte sie sich auf die mittlere Bank und den Blick zur Tür gerichtet.

Nur Minuten später wurde sie von außen geöffnet und Anna hielt die Luft an. Erneut spürte sie ihren Puls direkt unter dem Hals.

Was mache ich, wenn er tatsächlich hier ist und ich habe mich nicht geirrt? Was, wenn er gleich vor mir steht? Scheiße, oh, mein Gott! Wie wild rumorten die Gedanken durch ihren Kopf.

Die Hitze, die in ihr aufstieg, war keineswegs nur der Sauna zuzuschreiben. Wild gewordene Hormone waren wohl eher dafür verantwortlich. Allein die Heftigkeit ihrer Aufregung, die sich nicht nur in ihrer Brust ausbreitete, machte sie rasend. Sie spürte instinktiv, dass ihr Körper nicht mehr an Zurückhaltung und Liebesentzug interessiert war.

Niemand, den sie kannte, kam herein. Allmählich beruhigte sie sich und redete sich ein, sich geirrt zu haben. Dann war es Zeit zu gehen und nur einen Blick auf die gegenüberliegende Ruhezone genügte. Wie vom Blitz getroffen blieb sie stehen.

Nur Sekunden später wusste sie, er war es nicht. Der gutaussehende Mann im blauen Bademantel auf der Liege sah ihm zum Verwechseln ähnlich. Wieder Erleichterung und Enttäuschung. Immer wieder schaute sie unauffällig, wie sie zunächst glaubte, zu ihm hinüber. Sie konnte sich einfach nicht losreißen.

Er hatte ihre aufmerksamen Blicke sehr wohl bemerkt, was er seinerseits mit einem frechen Grinsen beantwortete. Die Röte, die auf Annas Wangen leuchtete, ließ ihn noch zufriedener grinsen. Am liebsten hätte sie sich in Luft aufgelöst.

Verdammter Mist! Was habe ich mir dabei gedacht? Panisch suchte ihr Gehirn nach einem Fluchtweg.

Möglichst weit weg, als könnte sie so verbergen, was offensichtlich war. Trotzdem, ein Augenzwinkern später und sie hing erneut an seinem Gesicht. Irgendwann ging er. Anna schloss die Augen und atmete tief durch. Ihre Hände zitterten. Verstohlen sah sie sich um. Was, wenn sie jemand beobachtete?

Vergiss es!, entgegnete ihr die Nervensäge hinter ihrer Stirn.

Wann immer Anna versuchte, aus ihrem Schneckenhaus zu kriechen, hielt ihr die miese Tante zwischen den Ohren einen Spiegel vors Gesicht. Tief atmend ging sie hinaus.

Wovor habe ich eigentlich Angst? Schließlich kann er ja nicht wissen, dass meine Bewunderung einem anderen gilt.

Vor der Freizeitoase empfingen sie plötzlich forschende Blicke. Da war er und setzte sich gerade auf sein Fahrrad. Als er an ihr vorbeifuhr, winkte er ihr schmunzelnd zu. Jetzt, wo er angezogen war, erkannte sie sehr wohl Unterschiede. Er war etwas kleiner und vermutlich älter, als der so sehr vermisste Kanalarbeiter. Aber sonst war die Ähnlichkeit verblüffend.

Erneut stolperte ihr Herz und ebenso schnell spürte sie die Sehnsucht. Ihr Blick, der sich allmählich mit Tränen füllte, hing noch einige Zeit an dem winzigen Punkt, der sich immer weiter entfernte. Sie konnte keinen klaren Gedanken mehr fassen. Dann zog sie die Kapuze tief ins Gesicht und machte sich auf den Heimweg.

Kapitel 3

Drei Wochen waren seitdem vergangen. Inzwischen versuchte Anna zu vergessen, was in der Sauna geschehen war. Vergebens, jede Nacht lag sie stundenlang wach.

»Du willst ihn nicht vergessen«, gestand sie sich.

Ihr Körper, von dem sie mitunter dachte, es wäre nicht ihrer, war dabei auch keine Hilfe. Erregung und vor allem Sex hatten in ihrer Beziehung mit Jochen eher eine untergeordnete Rolle gespielt. Es gehörte eben irgendwie dazu. Vielleicht kannte sie ihn einfach zu lange.

Wie hätte denn da eine erotische und aufregende Neugier entstehen sollen?, grübelte sie.

Dass sie in der Lage war, außer Sehnsucht auch eine prickelnde Lust zu empfinden, war ihr seit der Begegnung mit dem Mann vor ihrer Haustür zum ersten Mal bewusst geworden.

Die Krux an der Sache war, dass diese Sehnsucht unerfüllt blieb. Das bereitete ihr inzwischen fast körperliche Schmerzen. An manchem Morgen wachte sie schweißgebadet auf. Die Erregung in ihr schickte sie immer wieder in aufregende Träume, die nicht selten in einem Orgasmus mündeten. Das machte Anna noch trauriger.

Die Erkenntnis, dass es erneut nur ein Traum war, frustrierte sie. Als sie dann diesem Fremden in der Sauna begegnete, wurde es noch heftiger. Klar, wollte sie daran liebend gern etwas ändern, hatte aber keinen Schimmer, wie ihr das gelingen sollte.

Wenigstens war er nicht noch einmal dagewesen. Vielleicht hatten ihn ihre aufdringlichen Blicke vertrieben. Sie glaubte daran. Wie gewohnt, beendete Anna nach fünfzehn Minuten ihren Saunagang und stand unter der Dusche.

Plötzlich sagte jemand hinter ihr: »Sie brauchen heute nicht nach mir suchen, ich bin schon da.«

Der Moment verstrich, ohne dass sie reagierte. Sie schaffte es nicht, sich umzudrehen. Viel zu sehr beschäftigte sie diese Stimme.

Die gehörte eindeutig zu ihrem Kanalarbeiter. Vorsichtig blickte sie sich um. Seine Stimme ja - doch ein anderer Mann.

Die Aufregung in ihrem Gesicht gefiel ihm sichtlich und er genoss es erneut. Wie ferngesteuert folgte sie ihm in die Ruhezone.

»Haben Sie einen Grund, warum Sie mich so bestaunen?«

Mit roten Ohren und Wangen stockte ihr die Sprache. Anna schaute ihn erschrocken an.

Sein rauer Ton verursachte einen Totalausfall ihres Gehirns. Dem Frost im Blut folgte ein Kribbeln auf der Haut.

Er ist fasziniert von deiner offensichtlichen Panik. Die hast du mehr als verdient! Keiner Abwehr fähig starrte sie vor sich hin.

Gerade noch rechtzeitig, erwachte sie aus ihrer Starre.

»Entschuldigen Sie, ich wollte …«, stotterte sie. Das Glühen ihrer Wangen leuchtete wie ein Glühwürmchen. »… Sie nicht so anstarren. Aber Sie sehen jemandem zum Verwechseln ähnlich.«

Jetzt war es raus. Eine Verschnaufpause verschaffte es ihr allerdings kaum. Nicht einmal genug, um Luft zu holen, die hatte sie bis eben angehalten.

Sie wusste, wie lahm sich ihre Antwort anhörte. Dabei war es die reine Wahrheit.

Ihre Verlegenheit ließ sie vermutlich um Jahre jünger erscheinen. Er zog einen Schmollmund. Dabei ließ er seinen Blick über ihren Körper schweifen. Ihre Nervosität steigerte sich um ein Vielfaches.

»Jetzt bin ich aber enttäuscht.«

Das freche Grinsen über seinem vergnügten Gesicht sprach Bände. Er amüsierte sich auf ihre Kosten.

Was hast du erwartet? Sei zufrieden, dass er dir den deutlichen Voyeurismus nicht übelnimmt. Da hatte die maulende Stimme hinter ihrer Stirn recht.

Gespräche mit sich selbst gehörten zwar zu Anna, jedoch so klar von ihren Worten abweichend, das war neu. Ob sie das gut oder schlecht finden sollte, dafür fehlte ihr die Kraft.

»Lassen Sie sich nicht ärgern. Eigentlich dürfte mir Ihre Aufregung gar nicht gefallen. Schließlich lerne ich Sie gerade erst kennen. Ach, und übrigens, mein Name ist Andreas.«

Mit vergnügtem Gesicht reichte er ihr die Hand.

»Ich bin Anna.« Mehr bekam sie nicht über ihre Lippen.

»Anna, ein schöner Name. Jetzt verraten Sie mir doch einmal, was Sie an mir so dermaßen aus der Fassung bringt. Ich dachte bisher, ich sei recht gewöhnlich. Zumindest habe ich eine derartige Reaktion bei einer so hübschen, jungen Frau noch nie ausgelöst - nicht, dass ich wüsste«, fügte er nachdenklich hinzu.

Ha, gewöhnlich!, dachte sie. Das ist die Untertreibung des Jahres.

Langsam bekam Anna ihre Gedanken wieder unter Kontrolle. Ihre Beobachtung stand ihm quasi im Gesicht und ließ sie empfindlich schlucken. Seine Augen erklärten so vieles. Mit verschränkten Armen lehnte er sich zurück.

Dann erzählte sie ihm von dem vermeintlichen Doppelgänger. Er musterte sie aufmerksam und grinste. Trotzdem hörte er zu, ohne sie zu unterbrechen. Für ihren Geschmack zu eilig, verabschiedete er sich anschließend.

Habe ich etwas Falsches gesagt? Die Frage stand ihr auf der schweißnassen Stirn. Es tat ihr jetzt schon leid, dass sie ihn vielleicht nicht so bald wiedersehen würde.

Weil sich die Saison dem Ende zuneigte, ahnte Anna, wie lange es dauern könnte. Andreas kam auch nur in den Wintermonaten hierher.

Traurig fuhr sie nach Hause.

»Wie kann ein Mensch einem anderen so sehr ähneln?«

Allein diese Frage brachte sie zum Schwitzen. Denn die Tatsache, dass sie sonst niemals einem Fremden solch eine pikante Geschichte erzählt hatte, war an Unerwartetem eindeutig zu viel.

Erschöpft verbot sie sich weiter darüber nachzudenken. Was sie noch vor Wochen für unwahrscheinlich hielt, es gelang ihr allmählich. Die Bilder beider Männer verblassten langsam.

Dann begann das Frühjahr. Wenigstens ab und zu schien die selbst verordnete Ignoranz ihrer Gefühle zu gelingen.

»Baugruben und die Saunagänge gehören der Vergangenheit an. Sind abgehakt und Geschichte«, erklärte sie ihrem zweifelnden Ego und steckte der Frau im Spiegel die Zunge heraus.

Kapitel 4

Die ersten Herbststürme beendeten den Sommer und kündigten einen zeitigen Winter an. Anna war es recht. Sie brauchte eine Ausrede für ihr Gewissen. Seit Wochen zog es sie zurück in die Sauna.

Mit dem Vergessen war es so eine Sache. Immer wieder ging sie im letzten Sommer schwimmen, begleitet von der Hoffnung, auf Andreas zu treffen. Sie konnte sich dafür maßregeln so viel sie wollte. Alles vergebens, genauso wie die Erfüllung ihrer Hoffnungen.

Wahrscheinlich hatte er völlig andere Gewohnheiten als sie. Ihr Singledasein war im Grunde nicht das Problem. Aber die Sehnsucht ihres Körpers schon.

Dabei war sie eine sehr hübsche Frau. Zierlich gebaut, echt sportlich und mit einem wunderschönen Gesicht. Vor allem die warmen braunen Augen verliehen ihr den Ausdruck, sich bei einem starken Mann wohlzufühlen.

Für gewöhnlich war das auch so. Sie schmiegte sich gern an, wollte beschützt und umsorgt sein. Dafür war sie die Verlässlichkeit in Person, mit wenigen Ansprüchen und einer angeborenen Schüchternheit. Diese Mischung versorgte sie mit einer großen Schar Verehrern.

Anders als damals lehnte sie diese nicht per se ab. Ein Beispiel hierfür war der Laborassistent Christian. Am Anfang hatte sie noch geglaubt, es könnte sich zwischen ihnen etwas entwickeln. Aber in Wirklichkeit trauerte sie noch immer dem vermissten Kanalarbeiter nach. Nicht allein ihr Herz, ärgerlicherweise verlangte neben dem auch ihr Körper nach einem anderen. Seinem Ebenbild zu begegnen, hatte ihr für wenige Augenblicke ein vergängliches Glück beschert. Leider plagte sie ein ungreifbares Verlangen, das sie bisher nicht kannte.

Die letzte Oktoberwoche brach an und nun fand Anna, sie hatte lange genug gewartet. Schon, als sie den Saunabereich betrat, spürte sie ein Kribbeln. Doch die nächsten vier Wochen wartete sie vergebens.

Wie blöd muss man sein?, ärgerte sie sich.

Ihre Zeit so sinnlos zu vertun, war im Grunde nicht ihre Art. Trotzig redete sie sich ein, dass sie ohnehin zum Entspannen hier war. Deshalb beschloss sie, das Saunageplänkel endlich zu vergessen. Gelingen wollte das aber nur bedingt.

Wochen später. Der Abreißkalender auf ihrem Schreibtisch zeigte den elften Dezember, zwei Wochen vor Weihnachten. Für dieses Jahr sollte es der letzte Besuch an ihrem Lieblingsort sein.

Die Wege gewohnt, die Abläufe geübt - sie betrat die Sauna und augenblicklich war jeder Schritt alltäglich. Dank ihrer Gewohnheiten war sie berechenbar. So etwas konnte man wunderbar ausnutzen.

Sie hielt die Tür zur Kräutersauna noch in der Hand, als sie ihn sah. Sofort war sie bewegungslos. Auf der obersten Bank saß DER Mann, den kannte ihr Herz nur zu gut. Völlig entspannt, nackt und grinsend, schaute er zu ihr hinüber. Und kein Zweifel - kein Doppelgänger - der Kanalarbeiter und wie Gott ihn schuf. Dann vernahm sie eine Stimme von links. Auch diese kannte sie.

»Hallo Anna, komm ruhig rein. Wir beißen nicht.«

Andreas lachte und war zufrieden mit der Wirkung seiner Worte. Sie stand noch immer regungslos da.

»Mädchen, komm, schließ die Tür. Hier wird es kalt!«

Endlich setzte sie sich in Bewegung. Wie ferngesteuert, stellte sie einen Fuß vor den anderen. Binnen Sekunden fiel ihre geliebte Ordnung in sich zusammen. Nicht nur, dass ihr Blick an Andreas hing, neben ihm saß ein weiterer Mann ihrer endlosen Träume.

Zum Glück genügte ein vorsichtiger Blick, um zu erkennen, dass die Männer tatsächlich ein paar Unterschiede aufwiesen. Anderenfalls wäre sie möglicherweise geflohen. Sie könnte die zwei Prachtexemplare männlicher Güte durchaus für Zwillinge halten. In Frechheit und einem scheinbar dominanten Auftreten unterschieden sie sich jedenfalls nicht.

»Ich weiß nicht ...«, stotterte sie tief errötend.

Für den Bruchteil einer Sekunde hob sie die Augenlider. Nur, um sie augenblicklich in Richtung Fliesenboden sinken zu lassen.

»Was weißt du nicht, Anna?«

Sie brauchte nicht aufzusehen, um zu wissen, dass es ihr Schwarm von der Straße war, der fragte.

»Wo ich mich hinsetzen soll. Ich kann mich nicht entscheiden …« Ihre Stimme war ein einziges Flüstern.

Oh, Gott, Anna. Was in aller Welt laberst du da? Sei still, ich versuche mich zu konzentrieren. Ohne die Stimme in ihrem Kopf, würde sie eventuell ohnmächtig werden. Nur, um der Situation zu entkommen.

Als hätten sich die Gefühle gegen sie verschworen und beschlossen, ihr Gehirn absolut zu meiden, plapperte sie weiter.

Die Männer lachten gleichzeitig und rückten auseinander.

Du wirst sofort gehen!, verlangte ihr Gewissen. Niemals, plärrte ihr Körper. Jetzt oder nie.

So, als folgte sie einem Tennismatch, verfolgte ihr gestresstes Gemüt die Kampfhähne in ihrem Kopf.

»Anna, komm, setzt dich zu uns. Ich habe dir jemanden mitgebracht«, sagte Andreas. »Darf ich dir meinen kleinen Bruder vorstellen?«

Sehr langsam erreichten sie die sanften Worte. Dann saß sie zwischen ihnen auf der Bank.

»Klein?«, rutschte ihr heraus.

Verlegen betrachtete sie erst den einen, dann den anderen und biss sich dabei empfindlich auf die Lippe. Abrupt zog Andreas die Augenbrauen hoch. Dass sich die Blicke der Brüder trafen, entging ihr nicht. Die Verwirrung war perfekt.

Was tue ich hier? Auch diese Frage war überflüssig. Für eine Flucht war es längst zu spät. Ihr Körper befand sich schon lange auf Empfang.

»Eine neue Zeitrechnung, Anna«, hatte Milena damals gesagt. Wie oft kann man von vorn beginnen?, fragte sie sich.

»Dein Name ist also Anna! Es freut mich, dich wieder zu sehen. Ich bin Ingo.«

Erwartungsvoll sah er ihr in die Augen. Endlich riss sie sich los und drehte den Kopf. Eine Zeit lang starrte sie Andreas an. Dass er übers gesamte Gesicht grinste, war nicht zu übersehen. Plötzlich griff er nach seinem Handtuch und stand auf.

»Ihr müsst im Augenblick ohne mich zurechtkommen. Leider habe ich noch zu tun.«

Ihr blieb der Mund offen stehen. Sofort war die Nervosität zurück. Unentwegt schob sie ihre Hände über die zittrigen Knie.

»Keine Angst, wir sehen uns sicher bald wieder. Ingo wird sich so lange um dich kümmern. Bis bald, Anna.«

Der leise, aber gefährlich klingende Ton kroch ihr bis in die letzte Zelle. Ein kurzer Blick zu seinem Bruder machte es nicht besser. Sie bekam das Gefühl, dass beide einen gemeinsamen Plan verfolgten. Das war absurd, schließlich konnten sie unmöglich wissen, dass sie heute in die Sauna kommen würde. Sekunden später verließ Andreas den Raum.

Tief atmend saß sie neben Ingo und versuchte sich nicht zu rühren. Fixiert auf die geschlossene Eingangstür schnappte sie förmlich nach Luft. Wüsste sie es nicht besser, dann überfiel sie gerade eine Leere.

Wie kann das sein?, dachte sie. Die Verwirrung stand ihr offenbar im Gesicht.

»Andreas hatte schon immer eine spezielle Wirkung auf Frauen«, raunte Ingo direkt an ihrem Ohr. Sein Atem so nah, jedes Härchen an ihrem Körper richtete sich auf. »Das ist nicht neu und kein Problem. Nur keine Sorge. Du wirst ihn bald wiedersehen.«

Jetzt erwachte sie aus der Starre und sah ihm direkt in die Augen. Ähnlich wie der von Andreas, besaß sein Blick einen

Hauch von Dominanz. Wahrscheinlich nicht ganz so ausgeprägt. Aber das konnte sie ohnehin nicht wirklich beurteilen.

Seine türkisfarbenen Augen schienen nichts zu verbergen. Ganz im Gegenteil, ein klarer reiner Ton. Das tiefe Braun in Andreas Blick wirkte unergründlich und gefährlich.

»Ich verstehe das nicht«, sagte sie leise. »Wie kann es denn sein?«

Dann versagte ihre Stimme. Ingo näherte sich. Beinahe berührte er sie. Ihr Herz stockte. Unterhalb des Bauchnabels schien sich derweil eine andere Welt zu entwickeln. Das machte sie erst recht nervös und ließ sie förmlich nach Luft ringen. Davon unberührt verlangte ihr Körper in seiner Nähe zu verharren. Unweigerlich überfiel ihre Haut ein Zittern.

»Nur keine Aufregung. Vor Monaten rief mich Andreas an und erzählte mir von einer Frau, die er in der Sauna kennengelernt hat. Für ihn stand ziemlich schnell fest, dass es sich bei seinem Doppelgänger um mich handelt. Und so wuchs der Plan, dich hier aufzuspüren. Eigentlich war ich damit nicht einverstanden. Doch Andreas bestand darauf.«

Sofort stand in ihren Augen die Abwägung über die Wahrhaftigkeit seiner Worte.

»Doch, das war so. Andreas und mich verbinden nicht nur Familienbande.«

Sie runzelte die Stirn. Zum ersten Mal, seit so langer Zeit, verloren sich ihre Augen in seinen. Unbeirrt bestand er auf seiner Aussage.

»Man glaubt es nicht, aber ich bin um einiges zurückhaltender als er. Hierfür gibt es einen guten Grund. Als ich dich so dastehen sah, hilflos mit den im Regen abgestellten Möbeln, wollte ich wirklich nur helfen. Doch dann ...«

Er nahm ihre Hand. Anna erschrak, ihr Herz überschlug sich.

»Sicher ist mir meine Wirkung auf dich nicht entgangen. Es war jedoch noch nie meine Art, den Macho zu geben. Außerdem führe ich ein Leben, das ... gut, das führt jetzt zu weit«, erklärte er, was sie völlig aus der Bahn warf.

Er suchte ihren Blick, den er merkwürdig ernst fixierte. Kaum sichtbar schüttelte er den Kopf.

»Damals habe ich schon mit dem Gedanken gespielt, dich zu fragen und ließ es dann sein.«

Jetzt schielte er sie von der Seite an. »Ist dir bewusst, dass man nach dir die Uhr stellen kann? Zuverlässig und stets zur selben Zeit hast du dein Haus verlassen. Nur gut, das hat uns bei unserem Plan sehr geholfen. Dabei habe ich schnell vermutet, du könntest Single sein. Denn nach diesem verrückten Tag habe ich nie einen Mann in deiner Nähe entdeckt.«

Bisher hatte Anna atemlos seinem Monolog gelauscht. In zwischen musste er glauben, sie hätte keine Stimme. Doch Ingo schien zu verstehen, schmunzelte ab und zu. Dabei hatte er ihre Hand nicht wieder freigegeben. Gerade so, als fürchtete er, sie könnte sich vor seinen Augen in Luft auflösen.

Dabei war er alles andere als zurückhaltend. Dennoch war, so wie er erklärte, die Situation damals für ihn so unerwartet gewesen, wie für sie. Die plötzlich aufkeimende Neugier auf eine Fremde hatte ihn zögern lassen. Seit drei Jahre war er Witwer. Feste Beziehungen gehörten nicht mehr zu seinem Leben. Als die Leichtigkeit in seinen Alltag zurückkehrte, bemerkte er, wie sehr er die vermisst hatte und es gefiel ihm.

Sie hörte zu, versuchte seine Erklärung mit seiner Ausstrahlung und dem Auftritt seines Bruder in Einklang zu bringen. Es gelang ihr nicht.

»Mein Umgang mit Frauen hat sich inzwischen sehr verändert. Als ich es mir anders überlegte, war klar, ich musste mich beeilen. Es hieß, meine Truppe wird in der kommenden Woche von dieser Straße abgezogen. Unser nächster Einsatz sollte eine Großbaustelle in der Nähe von Stuttgart werden. Also ziemlich weit weg. Am Montag hatte ich es mir fest vorgenommen. Oh, du warst so bezaubernd anzusehen, als du dich lächelnd noch einmal zu mir umgedreht hast. Leider wurde mein Plan geändert. Ich war zu spät.«

Ingo lächelte entschuldigend. Sein Blick verlor sich stumm an der gegenüberliegenden Wand.

Anna kämpfte mit dem Misstrauen. Hingerissen und der Fügung dankbar, klopfte ihr Herz in einem wilden Takt. Als er sie aufforderte, ihm unter die Duschen zu folgen, erschrak sie derart, dass er ihr sanft übers Haar strich. Ihr brodelndes Verlangen, das möglicherweise an dem pikanten Ort lag, erklärte ihr, dass er anders als Jochen, zum Thema: Schüchternheit, keine endlosen Diskussionen führen würde. Ingo fasste nach ihrer Hand und nahm sie mit.

Liegt es nur an dem Ambiente der Saunalandschaft?, fragte sie sich. Sie konnte es sich nicht erklären.

»Zumindest in einem Punkt hatte Andreas recht.« Ingo schmunzelte frech. »Er meinte damals, ich wäre der größte Sturkopf, den er kenne. Er sagte, seinem Beispiel zu folgen, wäre nicht gut für mich. Du brauchst eine Frau in deinem Leben, waren seine Worte, glaube ich. Irgendwo gibt es die, die zu deiner neuen Lebensart passt. Halte einfach die Augen offen. Ein Mann wie du ist nicht für ein Leben als einsamer Wolf gemacht. Klar, einer Frau die Möbel zu tragen, sei ein

Anfang. Wenn ich dich so betrachte, denke ich, dass seine Idee, dich ausgerechnet hier mit uns zu konfrontieren, der richtige Weg war. Er war der Ansicht: Hier käme die Frau, die wirklich in dir steckt, ganz sicher zum Vorschein. Wenn sich eine so zögerliche Person öffnet, dann nur in dieser Wohlfühloase. Sieh dich an, Anna. Mein Bruder weiß, wovon er spricht.«

Plötzlich bekamen die türkisfarbenen Augen einen dunklen Schimmer. Sie schluckte und versuchte ihren nervösen Blick abzuwenden.

»Anna, sieh mich an! Du bist die schönste Frau, der ich seit langem begegnet bin. Eines kannst du mir glauben. Ich werde nicht zulassen, dass wir auseinander gehen, ohne zu wissen, wo ich dich finde.«

Der ernste Ausdruck in seinem Gesicht ließ ihren Puls trommeln. »Bitte«, flehte sie erschöpft. »Lass mir Zeit.«

Ingo kniff die Augen zusammen, sah sie eine Weile an und schüttelte dann langsam seinen Kopf. Seine Finger strichen ihr über die heißen Wangen. Er stand auf und nahm erneut ihre Hand.

»Komm, lass uns gehen. Hier wird es mir allmählich zu heiß.«

Kapitel 5

Wie in Zeitlupe liefen die Momente ab. Ingo war ein Mann, der genau wusste, was er wollte. Jetzt wollte er offensichtlich sie. Er hatte Anna nach Hause begleitet, um sicher zu gehen, dass er sie wiederfand. Vor der Tür nahm er sie in die Arme und zog sie fest an sich.

»Okay, Anna, ich lasse dir Zeit.«

Dann hauchte er ihr einen Kuss auf die Lippen. Für den Bruchteil einer Sekunde atmete sie auf. Schon war seine erregende Stimme direkt an ihrem Ohr.

»Bis morgen Abend.«

»Morgen Abend?« Annas Knie versagten.

»Ja«, bestätigte er knapp. »Morgen früh muss ich noch einmal auf die andere Baustelle. Am Abend bin ich aber endgültig zurück. Dann bleibt uns einige Zeit, bis zum nächsten Einsatz.«

Er gab sie ein paar Zentimeter frei, um ihr anschließend noch näher zu sein.

»Ich hole dich gegen sechs ab.«

»Wo wollen wir hin?«

Es war erstaunlich, wie neutral ihre Stimme plötzlich klang. Ingo grinste.

»Zu einem ganz besonderen Ort. Anna, ich weiß, wie schwer für dich Veränderungen sind.«

»Das kannst du nicht wissen. Ich denke nicht, dass ich darüber schon einmal gesprochen habe.«

»Stimmt, ist auch nicht nötig. Ist offensichtlich und eher schwieriger, es nicht zu bemerken. Also, sich auf neutralem Boden zum besser Kennenlernen zu treffen, wird helfen. Okay?«

Die Wärme, die augenblicklich in seine Augen zog, beruhigte sie. Stumm nickte sie und atmete tief durch.

Er war bereits ein paar Meter entfernt. »Nur keine Angst, geliebte Anna. Der Abend wird dir gefallen, versprochen.«

Als er um die Ecke bog, sah sie ihm nachdenklich hinterher.

»Hoffentlich geht das gut«, murmelte sie und schloss die Haustür.

Trotz seines Versprechens durchlebte sie eine sehr unruhige Nacht. Wilde, aufregende Träume ließen sie schweißgebadet aufwachen. Morgens und auch am Tag wurde es nicht besser. Er schien sich unendlich in die Länge zu ziehen.

Als es dämmerte, überfiel sie dennoch Panik. Sie spürte, wie sie sich anschlich. Wie ein Raubtier aus der Ferne.

Anna stand vorm Spiegel und sah in ihr gerötetes Gesicht. Auf ihrer Unterlippe zeichneten sich die Abdrücke ihrer Zähne ab. Dieser Anblick erinnerte sie spontan an die Blicke, die Andreas und Ingo ausgetauscht hatten.

Sorgen und noch mehr Unsicherheit, sowie ein eisiger Schauer lief ihr über den Rücken. Gleichzeitig entwickelte sich unterhalb des Bauchnabels ein Feuer, das nicht so richtig zu ihrem Zustand passte. Das Fluchttier in ihr versuchte vergebens, die Flamme zu ersticken.

Dann klingelte es. Zunächst rührte sie sich nicht, stand wie angewurzelt auf dem Parkett vor der Wohnungstür. Wieder tönte die Klingel und noch einmal. Unschlüssig starrte sie auf das geschlossene Holz. Endlich kam sie in Bewegung. Zitternd öffnete sie.

Was sie erwartete, wusste sie nicht. Ingo stand lässig an die Wand gelehnt und sah sie strahlend an. Er löste sich vom Gemäuer, näherte sich selbstsicher ohne zu zögern.

Hilfe, es geschieht tatsächlich!

Ihr Puls verselbständigte sich, während ihre Atmung sofort nicht mehr funktionierte.

»Ingo«, flüsterte sie und versuchte sich abzuwenden. »Ich weiß nicht, ob ich das kann.«

»Und wie du das kannst.«

Seine sonst so sanften Augen zeigten jetzt Entschlossenheit. Instinktiv wich sie zurück.

»Ich habe so lange auf diesen Augenblick gewartet«, sagte er rau an ihrem Ohr. »Außerdem möchte ich dich auf neutralen Boden entführen. Das habe ich versprochen. Schon vergessen?«

Seine Stimme klang plötzlich gar nicht nach ihm. Dass er dabei noch näherkam, war beinahe unmöglich. Jedes Härchen um sein Kinn konnte sie zählen.

»Können wir los?«, fragte er.

Statt auf eine Antwort zu warten, schloss er die Tür. Grinsend nahm er ihre Hand und zog sie sanft mit sich.

»Du siehst bezaubernd aus«, sagte er und schloss die Wagentür.

»Darf ich fragen …?«

»Lass dich überraschen.«

Da war er wieder, der Hauch von Dominanz. Warum ihr Unterleib mit einem Kribbeln darauf antwortete, war ihr ein Rätsel. Die restliche Anna schreckte zusammen. Sekunden nur und seine Hand strich ihr sanft über den Arm. Demnach war ihm ihre erschrockene Miene nicht entgangen.

»Verdammt, Anna«, hörte sie Jochen in ihrem Kopf. »Kannst du dich einmal entspannen?«

Sie war bereit, der Erinnerung zuzustimmen. Schließlich war das einfach nur ein Date, nicht die Fahrt zu ihrer Hinrichtung.

Nach einer kurzen, stillen Fahrt parkte Ingo den Wagen auf einem geräumigen Parkplatz. Kies knirschte unter den Reifen. Es übertönte die Stille. Über ihre Sprachlosigkeit hatte er sich nicht beschwert. Trotzdem hätte sie einfach alles gegeben, wenn sie sich so verhalten könnte, wie sie sich fühlte.

Ihr Blick wanderte über einige Nobelkarossen, die sich dicht aneinander reihten. Ingo musste wohl öfter hierher kommen oder wenigstens vor Ort bekannt sein. Auf dem Platz mit der Aufschrift: »Privat« zu parken, war sicher nicht jedem erlaubt.

Das Gebäude, auf das sie zugingen, wirkte schlicht. Ehe Anna es genauer in Augenschein nehmen konnte, schob er sie durch ein hohes Tor. Ingo betrat vor ihr den Club. Zumindest verriet ihr die Leuchtschrift über dem Eingang, wohin er sie gebracht hatte. Grinsend hielt er ihr eine geschliffene Glastür auf.

Sie wurde von gedimmten Licht, warmer Atmosphäre und zarter Jazzmusik empfangen. Nur ein Blick genügte, um sich wohlzufühlen.

»Tritt ruhig näher, Anna. Ich wusste, dass dir unser Club gefällt.«

»Du bist nicht zum ersten mal hier«, murmelte sie. »Unser Club?«

Er schüttelte den Kopf, während er sie, vorbei an einer langen Theke, zu einer Ledersofa- und Sesselgruppe schob.

»Sicher, ich gehöre zum Haus.«

Ihre Ohren fingen geradezu Feuer, so schnell verfärbten sie sich. Dass er über beide Ohren frech griente, machte es noch schlimmer. Jetzt klopfte auch noch ihr Herz bis zum Hals.

»Setz dich bitte«, bat er.

Er nahm ihr den Mantel ab und zog den klobigen runden Bartisch ein Stück beiseite, damit sie auf das Sofa schlüpfen konnte. Kaum, dass sie saß, verfolgte sie seinen Blick. Der schweifte durch den leeren Gastraum. Offenbar waren sie heute Abend die einzigen Gäste. Erneut verdoppelte sich ihr Puls. Das Misstrauen konnte er vermutlich in ihren Augen sehen.

Statt sich zu ihr zu setzen, drehte sich Ingo in Richtung Theke. Ihre Augen hingen an dem Mann, der heute noch verführerischer wirkte, als bisher. Der stattliche Hüne trug eine dunkle Stoffhose und ein grau-blaues Jackett. Mit dem dunkelolivfarbenen Ton seines Hemdes hatte er ihr sofort den Atem geraubt. Wie konnte er ihre Lieblingsfarben kennen?

Nur Sekunden später erschrak sie heftig. Der Mann, der sich ihnen näherte, wirkte wie ein Abbild des heißen Typen, mit dem sie den Club betrat. Sicher wusste sie, dass Andreas

Ingos Bruder war. Die neuerliche Erkenntnis, über die unheimliche Ähnlichkeit der Männer, setzte ihr heftig zu.

Während sie Andreas helles, offenes Hemd bewunderte, das prächtige schwarze Haar bestaunte, horchte sie in sich hinein.

Dass mich ein Mann mit einem ungezogenen Verlangen konfrontiert, ist schon anstrengend genug, aber ich kann doch unmöglich zwei von ihnen wollen und das gleichzeitig?

In ihrem Mund breitete sich eine Wüste aus. Ihre Beine entwickelten sich zu Pudding, ebenso könnten ihre Ohren mit einer Heizplatte konkurrieren.

»Andreas, was machst du denn hier?«, fragte sie endlich.

»Guten Abend, schöne Lady«, kam Andreas Ingo zuvor.

Der klopfte seinem Bruder zur Begrüßung auf die Schulter.

»Schön, dass ihr pünktlich seid. So haben wir noch genügend Zeit, bevor hier die Luft brennt. Wollt ihr schon mal was trinken? Heute gibt es klasse Burger«, ergänzte er in Ingos Richtung und schmunzelte bei Annas Anblick. Ihr stand der Mund weit offen, gut, dass beide diesen ignorierten.

»Anna?«

»Ähm … Wasser …«

»Wasser«, wiederholte Andreas amüsiert und hob die Augenbrauen.

Ingo runzelte die Stirn und warf seinem Bruder einen seltsamen Blick zu.

»Ich bin gleich bei euch.« Andreas drehte sich um und war auch schon zur Theke unterwegs.

Inzwischen hatte sich Ingo gesetzt. »Ein besonderer Ort, habe ich dir zuviel versprochen?«

Ein besonderer Ort, das trifft es durchaus, dachte sie. Ja, das hatte er angekündigt, war aber eigentlich nicht annähernd zu vergleichen mit dem, was sie hier zu sehen bekam. In ihr tobten die Gedanken. Es fühlte sich seltsam an, nicht klar denken zu können und dabei in ihrer Sehnsucht zu ertrinken. Sie hatte unzählige Fragen. Gut, dass Andreas mit einem vollen Tablett an den Tisch zurückkam und ihr Schweigen unterbrach.

Jede Sekunde, die diese Stille dauerte, konnte sie kaum noch ertragen. Ingo schien es nicht zu stören, wenigstens wirkte er so.

»Na, hast du dich schon umgesehen?«, fragte Andreas und verteilte die Getränke.

Dabei zwinkerte er ihr verführerisch zu. Erneut wechselten die Männer Blicke. Sie machten sich nicht erst die Mühe zu verbergen, dass sie einen Plan verfolgten.

»Der Club gehört Andreas«, begann Ingo.

Der nickte ihm zu. Offenbar trog sie ihr Gefühl nicht. Hier ging etwas vor, dass keineswegs dem Zufall zu verdanken war. Vielleicht überforderte sie Ingo mit ihrer Unsicherheit, sodass der bei seinem Bruder Unterstützung suchte. Es wäre nicht das erste Mal. Männer entwickelten in ihrer Gegenwart oft Langeweile oder Ärger, jedenfalls privat.

Instinktiv suchte sie Andreas Blick.

»Ja, ich habe den Schuppen vor zehn Jahren gekauft, nach meiner Scheidung.«

Anna kniff die Augen zusammen.

»Hm«, murmelte Ingo. »Ich bin seit drei Jahren Witwer und er ist geschieden und Papa.«

»Oh«, nuschelte sie.

Andreas lehnte sich zurück, fuhr sich mit der Hand durch sein kurzes schwarzes Haar, dabei musterte er sie sehr genau.

»Dich hierher zu holen, war seine Idee«, sagte er.

Das sanfte Braun seiner Augen wurde allmählich dunkler, wie bei Ingo, nur dezenter.

Noch etwas, was beide gemeinsam haben, dachte sie erschrocken.

»Ja, der perfekte Ort, um sich kennenzulernen.«

»Und um aufzutauen«, fügte Andreas hinzu.

Die heftige Röte auf ihren Wangen tat weh. Erneut taten die Männer, als würden sie die nicht sehen.

»Papa, aha«, plapperte sie unbeholfen.

Ihre Hand hing an ihrem Glas. Mit einem Schluck kippte sie das Wasser hinunter. Der Wüstenbrand auf ihrer Zunge lechzte danach.

»Ja, Timo heißt der junge Mann, ist zehn Jahre alt und ein wunderbarer Sohn«, erklärte Andreas.

Seine Gesichtszüge wurden weich, seine Augen strahlten. Die Wahrheit seiner Worte war nur zu deutlich.

»Es war ein Fehler, einer der wenigen, wenn ich von Frauen spreche«, fuhr er fort.

Die Weichheit seiner Stimme kroch ihr ins Herz und verwirrte sie noch mehr. Es passte nicht zu seiner sonstigen Ausstrahlung.

»Ich lege schon immer Wert auf Verantwortung. Deshalb die Ehe. Martina hatte leider den falschen Eindruck von der Art, wie ich mein Leben gestalte. Um das mal vorsichtig auszudrücken. Egal, jetzt bin ich geschieden. Wir haben eine gut funktionierende Vereinbarung getroffen. Schließlich kann das Kind nichts für die Fehler seiner Eltern. Und, es ist eine tolle

Erfahrung und Bereicherung meiner Existenz. Die hätte ich vielleich sonst nie erlebt. So ist eben das Leben.«

Anna beruhigte sich langsam. Wenn Andreas sprach, normalisierte sich ihr Puls. Seit ihrer ersten Begegnung war das so. Seine ruhige Art, private Dinge zu erzählen, hatte eine ähnliche Wirkung.

»Was ist passiert?«

»Wie soll … Augenblick, entschuldige einen Moment.«

Drei Männer in augenscheinlich teuren Anzügen näherten sich der Theke.

»Darum muss ich mich kümmern. Bin gleich zurück.«

»Siehst du, es war eine gute Idee, dich hierher mitzunehmen«, hörte sie Ingo sagen.

Er nutzte die Gelegenheit, während sich sein Bruder um die Gäste kümmerte. Nach einer förmlichen Begrüßung folgten sie dem Clubbesitzer in einen Gang hinter der Theke.

»Was ist das für ein Club?«, wollte sie wissen.

»Im Grunde ein elitärer Herrenclub, ähnlich denen der Briten. Andreas hat einige Jahre in London gelebt. Von dort hat er die Idee mitgebracht.«

Dass sie ihn anstarrte, sah er natürlich. Grinsend beugte er sich über den Tisch.

»Wie ich sehe, bist du nicht so unbedarft, wie es den Anschein macht. Das gefällt mir, Andreas übrigens auch. Ja, der Club bietet spezielle Angebote. Aber keine Sorge, deshalb sind wir nicht hier. Das Ambiente ist einfach perfekt. Ich wollte sicherstellen, dass du uns kennenlernst und den richtigen Eindruck gewinnst. Illusorische Vorstellungen sind nicht unser Ding. Wir sind beide sehr offen und gerade bei dir finde ich, ist es umso wichtiger, keinen falschen Eindruck zu hinterlassen.«

Abgelenkt von leiser Musik und gedämpftem Licht hoffte sie, dass beide Männer ihre Verunsicherung nicht zu sehr störte. Dieser Club ließ ihre Zuversicht immer mehr schrumpfen. Den beiden etwas vorzumachen, war sinnlos. Offenbar konnten sie ihre Verfassung sehr gut einschätzen.

Im Augenwinkel nahm sie Andreas Schatten war. Zügig näherte er sich ihrem Tisch.

»Heute haben wir mehr Zeit, als an anderen Tagen«, sagte er mit einem seltsamen Lächeln. Das spiegelte sich augenblicklich im Gesicht seines Bruders wider. »Am Wochenende ist es ziemlich voll. Hat er dir schon ein wenig erzählt?«

Noch immer schmunzelnd stupste er Ingo in die Seite.

»Dein Club bietet Besonderes für Männer«, platzte sie heraus.

»Richtig, aber …«

»Ingo hat mir erklärt, dass er mich nicht deshalb hierher gebracht hat.«

Mit jedem Wort wurde sie sicherer. Ihre Stimme verlor den unsicheren Ton. Plötzlich lehnte sich auch Andreas über den Tisch. Sofort stolperte ihr Herz.

»Du bist neugierig und klug, Anna. Das gefällt mir. Und ihm erst recht.«

Unmerklich streifte sein Blick über den Mann neben sich. Der nickte und nahm ihre Hand. Die sanfte Berührung fuhr ihr direkt in die untere Etage ihres Körpers. Irritiert blinzelte sie nach Andreas, der sich langsam zurücklehnte.

»Vielleicht später, Anna.« Ein dunkles Funkeln ließ das sanfte Braun in seinen Augen den Farbton einer reifen Kastanie annehmen. »Gut, zurück zu uns. Dass wir Brüder sind und ich älter als Ingo bin, weißt du bereits. Ich bin fünfunddreißig und der Zarte hier ist seit zwei Wochen tatsächlich dreißig. Jetzt kommt der Ernst des Lebens«, witzelte er frech in Ingos Richtung.

»Und du?«, fragte Ingo neben einem herzhaften Lachen. Es war sichtbar, wie gut sie miteinander klarkamen.

»Ich?« Anna stotterte. »Fünfundzwanzig, noch zwei Monate lang.«

»Und was tust du so den ganzen Tag, außer saunieren und ab und zu Straßenbauer als Möbelträger zu engagieren?«

Ingos Frage ließ sie zusammenzucken. Auch er hatte sich vom Tisch zurückgezogen und wartete neugierig. Dennoch war ihr bereits aufgefallen, dass er ihre Nähe suchte, während sich sein Bruder merklich zurückhielt.

»Ich betreibe ein Zahnlabor«, erklärte sie stolz.

Es war typisch für sie. Sobald sich ein Gespräch oder eine Situation von Privatem entfernte, verblasste ihre Unsicherheit.

Erstaunen erfasste Ingos Miene. »Du bist die Chefin?«

Anna nickte. Neben einem breiten Grinsen, schickte er einen anerkennenden Pfiff durch seine Zähne.

»Schüchternheit ist meiner Erfahrung nach nicht angeboren, eher anerzogen oder verlangt. Sie spricht niemals für mangelnde Intelligenz oder nicht vorhandene geschäftliche Fähigkeiten«, warf Andreas ein.

»Da kennst du dich aus.« Ingo schmunzelte.

»Sicher«, bestätigte er.

»Wieso?«

»Wieso ich mich mit den Mädels auskenne?«

Erneut fixierte Andreas ihren Blick.

In diesem Moment spürte sie die Anziehung beider Männer, die sich so wenig voneinander unterschieden erst recht.

Sie agierten als Einheit, das hatte eine atemberaubende Wirkung auf ihr Gemüt. Jeder kannte den anderen bis ins Kleinste. So, wie sie sagten, gab es kein Problem, ihr Leben miteinander zu verknüpfen und wenn es passt, alles zu teilen.

Anna hielt die Luft an. Zeit für Flucht, doch irgendetwas hielt sie fest. Hier mit ihnen zu sitzen, fühlte sich richtig an.

»Es gibt Frauen, die kommen zu mir, um Defizite in gewissen Lebenssituationen auszumerzen. Nenne es Abenteuerlust oder Spaß. Aber meistens suchen sie wirklich Hilfe bei pikanten Sorgen.«

Das schallende Gelächter, mit dem Ingo auf diesen Text reagierte, hallte durch den Raum.

»Liebe Anna, für derartige Spezialangebote bist du möglicherweise zu schüchtern.«

»Oh, das glaube ich nicht«, widersprach Andreas. »Meines Wissens sind es genau diese Frauen, die am schnellsten lernen. Sie müssen Vertrauen üben, der Rest kommt dann von ganz allein. Verstehe es wie den Schliff eines Rohdiamanten.«

»Welche Aufgabe hast du dabei?« Ihre Frage war wohl durchdacht. Ebenso der Blick, mit dem sie Ingo beobachtete.

»Keine, ich verbringe nur sehr gerne Zeit mit meinem Bruder. Vielleicht teile ich mit ihm manche Gewohnheit. Das war es auch schon. Nun, ich liebe meinen Job. Straßenbau, Flächenbearbeitung, große Baumaschinen und alles, was dazu gehört. Es erfüllt mich mit Stolz, wenn wir eine fertige Straße übergeben. Dann sehe ich, was meine Hände geschaffen haben. Bloß die wechselnden Einsatzorte sind schwierig.«

»Dabei gibt es durchaus noch mehr Jobs für einen Straßenbaufachmann, wie dich«, warf Andreas ein.

»Stimmt, aber in letzter Zeit war es mir recht, nicht zu wissen, wo es mich in ein paar Wochen hintreibt.«

»Und wo wohnst du dann?«

»In Herbergen oder kleinen Hotels, darum kümmert sich die Firma. Das Haus habe ich nach dem Tod meiner Frau verkauft.«

»Ein recht großer Anteil davon ist in diesen Club geflossen. Deshalb stehen auch zwei Eigentümer im Vertrag«, erklärte Andreas.

Erneut verschlug es Anna die Sprache.

»Ansonsten wohne ich bei Andreas.«

»Das ist keine große Sache. Unser Elternhaus ist geräumig und bietet ausreichend Platz für zwei einsame Wölfe«, sagte Andreas.

Geräusche aus dem hinteren Teil des Clubs forderten seine Aufmerksamkeit.

»Gut, ihr zwei. Dann noch einen schönen Abend. Die Pflicht ruft.«

Die Brüder wechselten vielsagende Blicke. Sofort ging ihr diese Intensität unter die Haut. Dann waren sie allein. Ingo setzte sich zu ihr aufs Sofa. Gut, dass sie während der Plauderei zwei Gläser Rose-Wein getrunken hatte.

»Gefällt es dir hier?«

»Ja, durchaus. Ingo, bitte, du musst mir meine Unsicherheit verzeihen. Ich weiß auch nicht, was mit mir los ist. Ehrlich, das passiert mir wirklich nur im Privaten. Beruflich würdest du mich vielleicht nicht erkennen.«

Wieder lachte er, nur eine Spur leiser. Er legte seinen Arm um ihre Schulter, küsste sie auf die Stirn und suchte ihren Blick.

»Immerhin hast du eben einige Sätze mehr gesprochen, als gewöhnlich. Und nein, ich habe kein Problem mit deiner Zurückhaltung, im Gegenteil. Außerdem erzählen mir deine wunderschönen Augen und dieser bezaubernde Körper alles, was ich wissen will. Die verraten deine Gefühle.« Sie atmete aus, schloss ihre Augen und lehnte sich zurück. Während er hinzufügte: »Und dem werden wir heute Nacht jede Sehnsucht erfüllen.«

»Sagtest du nicht, nur Reden?« Wie automatisiert, begann ihr Puls zu rasen.

Sein verführerisches Grinsen war die einzige Reaktion. Eine seltsame Antwort auf ihre Frage.

Kapitel 6

Die Zeit zwischen dem Verlassen des Clubs und der Ankunft in Annas Wohnung strich er mit nur einem Blick weg. Ohne Diskussion hatte sie sich ihrem fordernden Körper ausgeliefert, dafür den Verstand schon vor der Haustür abgestellt. Anders konnte sie sich das hier nicht erklären.

Statt auf eine Reaktion von ihr zu warten, schloss er mit einer Hand die Tür und mit der anderen holte er sie an seine Brust. Seine blauen Augen glühten förmlich.

So eilig wie ihr Herz schlug, verflüchtigte sich jeder Gedanke in ihrem Kopf. Schon spürte sie seine warmen Lippen auf ihren. Ein wahnsinniges Gefühl, dass ihr durch die Brust fuhr, dabei ihren Bauch übersah, um dann einige Zentimeter unter ihm ein ungeahntes Feuer zu entfachen. Urplötzlich erinnerte sich ihre Lunge, dass sie Sauerstoff brauchte. Mit dem Gefühl, der Boden unter ihr löste sich in eine schwankende Planke auf, erlaubte sie seiner Zunge, ihren Mund zu erobern.

»Denken ist jetzt überflüssig«, legte er fest und schickte seinen Mund ihren Hals entlang.

Diesen Satz hatte er heute Abend schon mehrfach gesagt. Offenbar war das auch nötig, denn er hatte natürlich recht.

»Ich… es ist so lange her«, wimmerte sie.

»Das weiß ich, deshalb werde ich dich gar nicht erst fragen.«

Warum fürchte ich mich schon wieder?, fragte sie sich verwirrt. Jede Nacht hatte sie die Sehnsucht nach ihm geweckt.

Ingo zog sie sanft von der Tür weg zum offenstehenden Wohnzimmer. Endlich bekam sie die zitternden Knie wieder unter Kontrolle.

»Habe ich dir schon gesagt, wie schön du hier wohnst?«

»Ähm, ja, möchtest du etwas trinken?«, fragte sie abwesend.

»Nur, wenn es dich entspannt. Und nur einen, du hattest schon zwei im Club.«

Sicher, nur noch einen Drink. Den brauche ich jetzt auf jeden Fall, stimmte ihm ihre innere Stimme zu.

Der nächste Gedanke blieb ihr im Gehirn stecken, als er sein Jackett über die Schulter schob, das Hemd aufknöpfte und es achtlos fallen ließ. Dieser Anblick war ihr noch immer vertraut. Er versorgte sie mit einer Gänsehaut und einer trocknen Kehle. Schnell kippte sie ihren Brandy hinunter.

Ingo nahm ihr das Glas aus der Hand. Mit einem Finger hob er ihr Kinn an. »Einen.«

»Haben wir es denn so eilig?«, versuchte sie noch immer abzulenken.

Er kniff die Augen zusammen.

»Um dich in meiner Nähe zu spüren, habe ich lange gewartet. Denke nicht, dass ich jetzt noch einen Rückzieher machen werde.« Entschieden blickte er sich um. »Zeig mir dein Schlafzimmer. Dein Sofa ist zwar bequem ...«

Sein freches Grinsen wirbelte in ihrem Bauch alles durcheinander. Die Anspielung auf ihr Sofa hatte er damals schon gemacht. Ingo kannte im Grunde jedes ihrer Möbel. Schließlich hatte er mit jedem bereits Bekanntschaft gemacht.

Still zeigte sie um die Ecke. Erneut blieb er dicht vor ihr stehen. Zärtlich verlor er sich in ihren nervösen Augen. Er strich ihr eine Haarsträhne aus dem Gesicht. Dann griff er in ihren Zopf, um die silberne Spange zu lösen. Langsam senkten sich ihre dunklen Locken über die bebenden Schultern.

»Wie viele Nächte ich davon geträumt habe. Anna, du bist umwerfend.«

Jetzt verharrte er mit seiner Hand in ihrem Haar. Dann fuhr sein Finger zärtlich über ihren Nacken den Rücken hinunter. Bevor sie einer Ohnmacht erliegen konnte, hob er sie einfach auf seine Arme und trug sie schnurstracks zum Bett. Bevor er sie ablegte, versenkte er seine Nase in ihrem Nacken. Tief einatmend ließ er sie los. Kaum noch atmend verfolgte sie seine Hände, die mit nur einem Ruck Hose und Unterhose gleichzeitig von seinem Schoß schoben. Unweigerlich hatte Anna alles im Blick, wonach ihr Körper flehte. Das Brennen tief in ihr ging zu einem fordernden Klopfen über.

Ingo schien zu spüren, was sich in ihr abspielte. Sanft setzte er sich neben sie aufs Bett.

»Jetzt bist du dran. Leg dich zurück!«, verlangte er.

Wie um sie abzulenken, sprach er, während seine Hände sie sanft auf die Decke unter ihrem Rücken schoben.

Dann waren seine Finger unter ihrer Bluse, öffneten mit Bedacht einen Knopf nach dem anderen. Er streichelte ihren

Bauch, kreiste mit der Fingerkuppe um ihren Nabel. Und das alles, ohne seinen hungrigen Blick von ihren flackernden Augen zu nehmen. Zwei Finger wanderten unter ihren Hosenbund und zogen ihn über ihre Hüften. Sie schluckte empfindlich und wagte es nicht, sich zu bewegen. Lächelnd blickte er sie an.

»Genauso habe ich mir deinen Körper vorgestellt.«

Ehrfurcht lag in seinem Ton. Anna hatte ihm bis eben panisch zugesehen, es einfach geschehen lassen. Ernst zeigte er auf ihre Arme, die sie wie ferngesteuert anhob. Ohne Hast zog er ihr das Hemd über den Kopf. Schmunzelnd beugte er sich über sie.

»Ich habe es schon mit einigen schüchternen Mädels zu tun gehabt. Aber du übertriffst sie alle. Du bist eben eine ganz besondere Frau.« Abermals vergaß sie zu atmen. »Entspanne dich, Anna.« Er schob sich über sie. Während er sich neben ihrem Kopf lässig abstützte, presste sich seine pralle Männlichkeit an ihre Schenkel. Augenblicklich zuckte sie zusammen. »Ich denke, ich sollte dich ein wenig auflockern«, flüsterte er amüsiert.

Ihre Wangen brannten vor Hitze. Sie rang nach Luft und begann zu zappeln. Er angelte nach ihrem Hemd. »Vielleicht sollten wir dir die Augen verbinden. Was meinst du?«

»Das sollten wir nicht! Hast du das von Andreas?«, rief sie.

»Sicher, es gehört zu seinem Ausbildungsprogamm.«

Ingos fröhliches Lachen klang beinahe niedlich. »Gut, mein Schatz, vielleicht später. Aber unter einer Bedingung. Dass du deinem armen Körper endlich erlaubst, die angestaute Lust auszuleben.«

Woher weiß er das?, fragte sie sich zitternd. Ich will dich doch auch, antwortete ihr flehender Blick. Worte fand sie in dem Durcheinander ihres Gehirns nicht mehr.

»So ist es brav.«

Er senkte seinen Kopf über ihre Brüste. Sein schwarzes Haar, das er inzwischen etwas länger trug, kitzelte auf ihrer Haut. Der heiße Atem seiner Küsse wanderte geradlinig ihrem Schoß entgegen. Auch, wenn sie ihn noch immer beschämt wegschieben wollte, bog sie ihren Rücken durch. Wie passte das zusammen? Bevor sie sich für ihr Unvermögen, die Lust einfach zuzulassen schämen konnte, öffnete er ihr sanft die Beine. Ihre Zehen stemmten sich auf die Decke. Ein Stöhnen verließ ihren Mund, was sie eigentlich wieder in die Flucht treiben sollte. Doch dafür war es längst zu spät.

»Ich vermute, du schmeckst so gut, wie du riechst«, stellte er trocken fest.

Seine rauen Worte klangen so fremd, dass Anna nur noch die Augen schloss. Seine Finger kreisten über ihrer Scham.

»Anna, sieh mich an. Du bist bezaubernd. Aber Genießen bedeutet, mir bei allem zuzusehen.«

Ihre Beine zitterten, sodass er von ihrer Mitte abließ und sanft an ihrem Oberschenkel mit der Nase entlangstrich. So ruhig und geduldig, bis die sich wieder beruhigt hatten.

»So ist es besser. Lass dich fallen. Anna, ich weiß, was in dir vorgeht. Vertraue mir, wir werden uns viel Zeit nehmen.«

Anschließend kehrten seine Lippen unbeirrt in ihre Mitte zurück. Das innige Gefühl seiner Zunge, die in zarten Kreisen über ihre Lippen fuhr, befreite ihren Körper. Es packte sie eine deutliche Peinlichkeit, als sie die eigene Feuchtigkeit spürte.

Ingo spielte mit ihr, schob seinen Mund tiefer und entlockte ihr endlich ein genüssliches Seufzen.

Beide Unterarme lagen fest auf ihren Oberschenkeln und hielten sie zuverlässig in der gewünschten Position. Je mehr sie sich ihm entgegenstreckte, desto heftiger wurde seine Zungenfertigkeit. Sie konnte nicht mehr denken, nur noch auf das gewaltige Ziehen in ihrem Bauch horchen. Es hatte sie verfolgt, jede Nacht.

Sollte es heute passieren, ihr erster echter Orgasmus? Dann kam er näher, schlich sich an wie ein Tier. Anna krallte ihre Finger schmerzhaft in das Laken. Jetzt überfiel sie die Angst, er könnte aufhören, bevor der Vulkan in ihr bereit war auszubrechen. Die Sorge war unbegründet. Als würde er ihr pulsierendes Blut steuern, zündete seine Unnachgiebigkeit die Lunte.

»Habe ich geschrien?«, fragte sie schwer atmend.

»Ja«, erwiderte er dicht an ihrem Ohr. »Und es wird nicht das einzige Mal sein heute Nacht.«

Erneut brannten ihre Wangen vor Scham. Sie sah in seinen fordernden Blick und betrachtete den stattlichen Mann, der sich über sie beugte. Jetzt gab es kein Zurück mehr. Die Härte zwischen seinen Schenkeln musste ihn doch langsam schmerzen. Unwillkürlich kaute sie auf ihrer Lippe.

»Keine Angst, Anna. Ich habe dir versprochen, wir werden uns Zeit nehmen.«

Egal, wie sehr sie ihre Furcht verfluchte, keuchte sie noch immer. Sanft drängte er sich gegen sie. Atemlos riss sie die Augen auf.

»Bereit, schöne Anna?«

Die Frage war rein rhetorisch, denn sie spürte ihn bereits in sich. Auch, wenn er die Ruhe selbst schien, fühlte sie sein Herz wie ihres, wild schlagen. Dennoch bewegte er sich langsam. Wie er wissen konnte, wann sie für den Mann, den sie so dringend brauchte, bereit war, würde ihr vermutlich auf ewig ein Rätsel bleiben.

Genau im richtigen Augenblick wurde er schneller, härter, unnachgiebig. Anna öffnete sich ihm ganz natürlich und befreit. Ihre Hände suchten nach seinen. Sie krallte sich um seine Finger. Es bestand die Gefahr, sie könnte sie ihm brechen.

Als sie erneut am Horizont das Brennen spürte, versuchte sie ein letztes Mal, sich dagegen zu wehren. Entsprechend stärker wurde die Macht des Mannes in ihr. Sie stand offenen Auges am Abgrund, in den sie gezwungen wurde. Kreischend schob sie ihr Becken seiner Kraft entgegen. Ihre Hände vergruben sich schmerzhaft in seinem Haar. Und dann lernte sie zu fliegen.

»Kluger Mann, dein Bruder«, murmelte Anna erschöpft. »Schade, dass ich mich entscheiden musste.«

»Musst du nicht«, sagte er leise.

»Das war ein Witz.«

»Aha«, sagte er und bedachte sie mit einem dunklen Blick.

Sekunden nur, und er ersetzte den mit einem frechen Grinsen. Das zog sich über seine Wangen. Die leuchtenden Augen erinnerten nun wieder an den Kanalarbeiter von einst.

Als sie am Morgen gemeinsam beim Frühstück saßen, beobachtete sie ihn. Der Mann, der sie in der vergangenen Nacht mit seiner bestimmenden Art von ihren Ängsten befreite, löffelte wie selbstverständlich den Zucker in seinen Kaffee.

»Ingo, ich …« Anna lief rot an.

Er sah auf und nahm ihre Hand.

»Irgendwann wirst du mir von dem Mistkerl erzählen, der dir das größte Glück verwehrt hat. Ich weiß, wie sehr du dich vor deiner eigenen Lust gefürchtet hast. Das macht dich für mich zur begehrenswertesten Frau, die es gibt. Nur werde ich mir in Zukunft etwas einfallen lassen müssen, um das Level der Aufregung hochzuhalten.«

Unweigerlich stockte ihr der Atem.

»Vielleich muss ich lernen, die Unsicherheit abzulegen.«

Ingo war in Gedanken, schien ihre Worte nicht zu hören. Ohne auf ihren Protest zu achten, verließ er seinen Stuhl, zog sie hoch und hob ihren Hintern auf den Tisch. Dann senkte er seinen Mund. Seine Augen funkelten wie dunkle türkisfarbene Diamanten.

Sie spürte, dass sie sich irrte. Er hatte sehr gut zugehört.

»Ingo, doch nicht hier?«, versuchte sie zu entkommen.

»Warum nicht?«, raunte er und schob sich zwischen ihre Beine.

»Oh, mein Gott«, entfuhr es ihr, als er seine Hände unter ihr Höschen schob, sodass es mit nur einem kurzen Ruck von ihrem Leib verschwand.

Seine auflodernde Lust spürte sie hart an ihrem Bauch. Beide verloren sich in einem heftigen Kuss. Anders, als am Abend zuvor, verschlang er sie förmlich. Eine Hand in ihrem Haar, die andere schob seine Shorts von der Hüfte.

»Ich möchte, dass du deine Beine um mich legst«, forderte er keuchend.

Dieses Mal reagierte er ungeduldig, als sie ihn fassungslos ansah. Plötzlich ließ sie es zu, lehnte sich an ihn und verlor sich in seinem heftigen Kuss. Seine Zunge umspielte ihre, umschlang sie. Wild atmete sie in seinen Mund. Mit einem einzigen Stoß füllte er sie aus. Abwartend blickte er ihr kurz in die Augen. Dann presste er ihre gespreizten Beine um seine Hüfte.

Alles, was sich im Weg befand, purzelte auf den Boden. Es sah unwirklich aus, wie die Brötchen unter den Tisch kullerten. Was immer sie noch in der Lage war zu denken, Ingos Leidenschaft hatte sie mitgezogen. Mit jedem Vorstoß, den seine Hände auf dem rauen Holz des Küchentisches abfederten, schlang sie sich enger um ihn. So tief und kräftig hatte sie noch niemals einen Mann gespürt.

»Anna, ich liebe dich«, sagte er und strich ihr das wilde Haar aus dem Gesicht.

»Ich dich auch«, flüstere sie und senkte den Blick.

Nach zwei Tagen war klar, er konnte nicht länger bleiben. Die neue Baustelle führte ihn an die Holländische Grenze und würde sie erneut für längere Zeit trennen. Die Entfernung stellte ihre junge Liebe auf eine harte Probe.

»Wenn das erledigt ist, suche ich mir einen anderen Job. Ich möchte in Zukunft keine Nacht mehr auf dein entzückendes Stöhnen verzichten. Es wird sich etwas ergeben. Notfalls bleibe ich erst einmal bei Andreas.«

Seine Worte erlaubten ihr ein Lächeln auf dem geröteten Gesicht. Bevor er ging, zog er noch eine unscheinbare Schachtel aus der Jacke.

»Was ist das?«

Sofort war ihre Neugier geweckt.

Mit einem anzüglichen Grinsen zog er sie an seine Brust.

»Ein ganz besonderes Spielzeug für unsere einsamen Nächte.« Er schmunzelte und küsste sie stürmisch. »Oh, meine schüchterne Anna. Ich liebe es, wenn du errötest.«

Als er gegangen war, schob sie den rosafarbenen Vibrator aus dem Karton. Stirnrunzelnd legte sie die Fernbedienung auf das Kissen. Dann klingelte das Telefon.

»Anna, bist du neugierig?«, hauchte die Stimme an ihrem Ohr.

»Ja«, murmelte sie und knabberte vor Aufregung auf ihrer Unterlippe.

»Nun, das ist ein Partnerspielzeug«, erklärte er. »Dafür braucht es nur ein wenig Fantasie.«

»Gehört der Andreas?«

Der Ton seines Lachens schickte Hitze auf ihre Wangen. »Nein, mein Herz. Der hat andere Methoden in seinem Programm.«

»Ich weiß nicht, ob ich …«

»Es ist ganz leicht. Du tust dabei nur, was ich dir sage.«

Unerwartet fand Anna Gefallen an seinem Geschenk. Jeder verfügte über eine ähnliche Fernbedienung. Wann und wie der Partner diese nutzte, konnte der andere nicht erahnen. Es war unendlich aufregend, seiner verführerischen Stimme zu folgen. Sie fühlte sich wie ein ungezogenes Mädchen, als sie das Spielzeug zwischen ihre Beine schob.

»Oh, ha«, säuselte sie, als es sich in ihr bewegte.

»Du wirst mich nicht entfernen, verstanden«, warnte sie die strenge Stimme aus der Ferne.

Annas Antwort kam per Fernbedienung.

»Böses Mädchen«, stöhnte er.

Kapitel 7

Anna war glücklich und schwebte auf rosa Wolken. Ingo hatte Wort gehalten. Er suchte nach einer neuen Beschäftigung. Die Bedingungen dazu waren vielversprechend.

Was an ihr nagte, war die unmögliche Schüchternheit. Ein so erfahrener und wunderbarer Mann würde irgendwann einfach nur genervt sein. Auch wenn sie sich dafür hasste, sie wusste, sie brauchte Hilfe.

»Andreas braucht kein Spielzeug. Der hat andere Methoden in seinem Programm.«

Ingos Erklärung arbeitete in ihr, zu dem plagte sie die Neugier auf das, was die Männer verschwiegen. All das bekräftigte ihren Entschluss.

»Schüchternheit bedeutet nicht Unintelligenz!« Das waren Andreas Worte gewesen.

Was sie jetzt tat, war für ihren Verstand eine logische Schlussfolgerung darauf. Sie griff zum Telefon.

»Andreas, hier ist Anna«, flüsterte sie. »Ich brauche deine Hilfe.«

An dem Abend, als sie den Club betrat und Andreas gegenübersaß, wurde ihr klar, ihr Leben würde eine krasse Wendung nehmen. Zu spät, es sich anders zu überlegen. Er hatte schnell verstanden, um was sie ihn bat. Möglicherweise hatte er längst damit gerechnet, das war ihr jetzt gleich.

Dabei hatte er sie gewarnt. Wenn sie einmal begann, sich in seine Obhut zu begeben, gab es kein zurück. Wenigstens, bis zu dem vorher festgelegten Ziel.

»Das ist meine Bedingung. Ich muss sicherstellen, dass du anschließend nicht noch verunsicherter aus der Lehrstunde gehst, als du gekommen bist. Hast du mich verstanden?«

Anna hatte zugestimmt, gespürt, dass es ihre einzige Chance sein könnte, etwas zu ändern. Dabei vertraute sie beiden. Mit Andreas zu schlafen war dabei tabu, nie eine Option gewesen. Dafür stellte er konkrete Regeln auf.

Jetzt, wo sie so vor ihm stand, wusste sie nicht mehr, ob es sich um Anna handelte, die diesen Schritt wagen wollte.

»Dreißig Minuten, Anna. Mehr nicht.«

Sie nickte tonlos. Heute Abend trug er beinahe dieselbe Kleidung wie beim letzten Treffen. Es war eine Art Arbeitskleidung, davon war sie überzeugt. Das weiße Hemd, einige Knöpfe geöffnet, nahm ihr von Beginn an die Luft. Sicher hatte er bedächtig die Augenbrauen gehoben. Sie war schon dankbar, dass er es unkommentiert ließ. Allerdings war die schwarze Augenbinde eine unmittelbare Folge. Ihr nervöser Blick verfolgte die schwarze Seide in seiner Hand.

»Vertrauen zu lernen und zu gehorchen, ist deine erste Lektion.«

Sie stöhnte, zitterte schon wieder. Er reagierte darauf nicht. Stattdessen nahm er ihre Hände und schob sie über ihren Kopf. Dann drehte er sie mit dem Gesicht zur Wand.

»Andreas!«

»Und zu schweigen, bis ich dich auffordere zu reden«, zischte er.

Ihr stockte der Atem. Das Herz raste wie wild.

Worauf hast du dich da nur eingelassen?, plärrte die Stimme in ihrem Kopf.

Bei aller Furcht, gefielen ihr der Ton und die Geräusche, die seine Vorbereitungen verursachten. Sanft verband er ihr die Augen. Dann drehte er sie um und führte sie zum Sofa.

»Lege dich auf meine Knie«, befahl er leise.

Gesteuert wie durch eine Fernbedienung befand sie sich Sekunden später ausgestreckt auf seinem Schoß. Nun war sie dankbar für die Schwärze der Augenbinde. Die ließ sie vergessen, wo sie sich befand und was wohl mit ihr nun geschehen würde.

Langsam fuhr er mit dem Zeigefinger an ihrem Hals hinunter. Dass sie außer aufreizender Dessous nichts trug, daran wollte sie nicht denken.

»Gehört auch zu deinen Bedingungen?«, hatte sie gefragt und sich dabei auf die Lippe gebissen.

Mit finsterem Blick hatte er seinen Finger zwischen ihre Lippen geschoben.

»Ja, und während des Unterrichts wirst du diese knabbernde Geste unterlassen. Die hebst du dir für Ingo auf. Der wird darauf passender reagieren.«

Sie hatte keine Ahnung, was er damit sagen wollte. Doch was wusste sie schon? Hier schnell überfordert zu sein, war keine Kunst.

Inzwischen spürte sie Fingerkuppen über ihrer mit Gänsehaut überzogenen Haut. Als sich die den Innenseiten ihrer Schenkel näherten, hörte sie sich stöhnen.

»Du lernst schnell, Anna. Lass los, enstpanne dich, überlasse mir deinen Körper und genieße deine Gefühle.«

Die leisen geraunten Worte verführten sie zur Ruhe. Nichts zu sehen und sich nicht beteiligen zu müssen, war dabei eine echte Hilfe. Der Mann wusste, was er tat.

»Die Entscheidung liegt bei dir. Doch, ich warne dich. Ich werde erwarten, dass du deine Wünsche deutlich formulierst. Im Rahmen unserer Vereinbarung.«

Gerade dieser Teil der Absprache raste ihr jetzt durchs Hirn. Es machte sie zunehmend nervös, wischte die hart erarbeitete Ruhe einfach weg. Denn die Erkenntnis, Andreas Hände nicht nur auf ihrem Rücken spüren zu wollen, könnte sie niemals über die Lippen bringen.

Sicher glaubte sie, um mit Ingo eine tiefe Beziehung führen zu können, genau über diese Fähigkeit zu verfügen, absolut notwendig war. Zu allem Überfluss erkannte sie, wie feucht sie inzwischen war.

Andreas beugte sich über ihren Nacken. Seine Zunge berührte ihre Wangen. Unweigerlich keuchte sie.

»Mehr?«

Sprachlos zappelte sie. Seine riesige Hand näherte sich binnen Augenblicken ihrem Hintern.

»Ich frage nicht noch einmal. Mehr, Anna?«

Keine Antwort. Ihr Kopf war leer. Plötzlich bekam sie seine flache Hand zu spüren.

»Ich höre!«

Sofort erwachte sie. »Ja!«

»Geht doch. Ab sofort antwortest du gleich, wenn ich dich etwas frage. Verstanden?«

»Ja.«

Er verstummte und führte seine Nase über ihr Schulterblatt. Völlig gleich, ob ihr Verstand rebellierte, sie liebte es, wie er sie berührte. Zum ersten Mal reagierte ihr Körper entspannt, ohne sich zu verschließen. Still lag sie über seinen Knien und war dankbar für die Dunkelheit.

Selbst den seufzenden Unterton, der ihr bei jeder neuen Berührung über die Lippen strich, sehnte sie herbei.

»Nur dreißig Minuten, Anna«, hatte er gesagt.

Wie soll das reichen? Es ist beinahe zum Lachen. Ihr Verstand moserte untypisch, doch damit konnte sie leben. Entsprach es doch dem, was der Körper verlangte.

Einem Fremden zu erlauben, ihr die Schüchternheit zu nehmen, war schon irre genug. Das Bild, wie sich das Türkis in Ingos Augen verfärben würde …

Es war eine weitere Bedingung gewesen. Die Brüder teilten, das sollte sie wörtlich nehmen. Die bloße Vorstellung verfärbte ihre Wangen erneut, so das, überhaupt möglich war.

Nicht eine Sekunde fühlte sie sich ausgeliefert, ansonsten wäre spätestens jetzt die Panik zurück. Andreas Hände hatten inzwischen den Weg zu ihren Brüsten gefunden. Zu erleben, wie ihre Nippel anschwollen, gehörte zu den Dingen, die ihr Verlangen anheizte. Leider konnte sie das Spiel in seinen Augen nicht sehen. Das war der Preis, den sie nur zu gern zahlte.

»Umdrehen, Anna.«

Der Befehl kam unerwartet und klang weit entfernt. Dennoch zog sie die Knie an. Scheinbar genügten ihm zwei Finger, um sie in die gewünschte Position zu schieben. Seine Lippen berührten ihren Hals, während seine Pranke ihre Hände über dem Kopf fixierte.

»Du wirst dich jetzt fallen lassen. Ich will es hören, wenn du kommst.«

Leise Worte, doch laut genug für ihren Verstand. Andreas musste ihre Reaktion geahnt haben, denn der Griff um ihre Handgelenke glich einer Schraubzwinge.

»Gehorche, Anna.«

Seine Stimme direkt an ihrem Ohr, wie kann er so schnell sein?

Die zweite Hand lag flach auf ihrem Bauch.

»Pst, tief atmen. So ist es gut.«

Der Ton seiner Worte, der Druck der Finger, die schnell den Weg an ihre empfindlichste Stelle fanden, sie musste es zulassen.

»Es freut mich, dass du nicht versucht hast, deine Hände herunterzunehmen. Das gefällt mir.«

Sofort kam Leben in ihre Arme. Reflexartig griff er zu und beförderte sie nach oben.

»Na, ich sagte nicht, dass du dich bewegen darfst.«

Die Gegenwehr erstarb, sie stieß die Luft aus, die sie angehalten hatte. Instinktiv streckte sie sich, lag still und wartete, auf das, was er tat.

»Sehr schön, wir haben noch acht Minuten. Nicht eine davon werde ich mit weiteren Ermahnungen verschwenden. Wenn du nicht am Sofaende angekettet werden möchtest, dann lass deinen reizenden Körper genießen.«

Seine freie Hand hob ihr Bein an und schob es unter seinen muskelgestählten Oberarm. Auf Anna wirkte es wie das

Finden eines Schlüssels. Der öffnete die Tür zu ihrem Verlangen. Längst war sie über die Grenze hinweg, der Schalter war umgelegt, instinktiv schob sie sich näher an ihn und spürte, dass es eine Nichtbeteiligung seines Körpers nicht gab.

Die Schwellung hinter dem Reißverschluss seiner Hose presste sich an ihren durchnässten String. Dabei bewegte sich an ihm keine Zelle. Ihr Kopf fiel zurück, der Atem wurde flach, es war, als sah sie Lichter durch den blickdichten Stoff. Nur noch eine einzige Berührung, dann schwappte die Woge über sie hinweg.

Noch bevor der Verstand überhaupt eine reelle Chance bekam sich zu melden, saß sie aufgerichtet und an seine warme Brust geschmiegt. Sanftes Streicheln ließ die Wellen abklingen.

Die dreißig Minuten, die sie so sehr erwartet und ebenso gefürchtet hatte, waren unwiderruflich vorbei. Dreißig Minuten, in denen außer ein paar Worten und zahmer Berührungen nicht viel passiert war, veränderten ihr Verlangen.

»Andreas ist ein absoluter Fachmann.« Sie hatte nicht nachvollziehen können, wie sicher sich Ingo gewesen war.

Es gab nicht die Spur eines Konfliktes. Den es wahrscheinlich gegeben hätte, wenn es sich um einen anderen, als seinen Bruder handeln würde. Daran hatte er keinen Zweifel gelassen.

»Woran denkst du?« Andreas holte sie aus ihren Gedanken.

»Ich verstehe nicht, wie Ingo ... Er hat doch gewusst, was wir, was du ...«

Sanft lächelnd hob er ihren Kopf an und hauchte ihr einen Kuss auf die Stirn.

»Ja, das wusste er. Die Tatsache, dass wir gern anders le-
ben, bedeutet nicht, dass wir uns nicht anpassen können.«
Für einen Moment hielt er ihren zweifelnden Blick fest. »Anna,
Ingo mag dich sehr. So wie ich das verstehe, klopfen da zwei
Herzen in deiner Brust. Freilich hat der Zufall dazu geführt.
Ich für meinen Teil nenne es Vorsehung.« Während er sprach,
strich sein Zeigefinger zart über ihre Brustseite. »Dass wir
teilen, implizit das, was wir lieben, ist ungewöhnlich, das gebe
ich zu. Aber du bist eben auch eine ungewöhnliche Frau, Anna.
Hör in dich hinein und erforsche, warum du wirklich zu mir
gekommen bist. Es ist nicht nötig, uns davon zu erzählen, wir
wissen es. Was nichts an Ingos Liebe zu dir ändert, darauf
kannst du dich verlassen.«

Eine halbe Stunde später begleitete er sie hinaus in den
Flur. Mit nur einem Handgriff zog er sie wieder an sich, schob
ihr wildes Haar aus dem Gesicht, um sie erneut auf die Stirn
küssen zu können. Als sie sich von ihm abwendete, hörte sie
ihn sagen:

»Anna, denke an das, was ich dir gezeigt habe. Sollte dir
Ingo einen Antrag machen, sei brav und gehorche.«

Sie warf ihren Kopf zurück, die Empörung stand ihr im
Gesicht. Dafür erntete sie ein herzhaftes Lachen, das ihr tief
ins Gemüt zog. Dann eilte sie den Flur entlang, an der Theke
vorbei, hinaus in die Nacht.

Kapitel 8

Mit einem selbstgekochten Dinner hatte sie Ingo nach ihrem Abenteuer empfangen. Anschließend hatte das Ausschälen aus ihrer Kleidung einer Zeremonie geglichen. Als er sich hart in sie schob, waren es seine Worte, die sie an den Rand des ersten Höhepunktes gebracht hatten.

»Einen solchen Bruder zu haben, macht mich zum glücklichsten Mann der Erde. Anna, wenn du gelernt hast zu vertrauen, werden wir dir eine Welt zeigen, die dich zu einem funkelnden Diamanten werden lässt. Ich liebe dich, ganz gleich, wie weit du in Zukunft bereit bist, uns zu folgen.«

Es war eine lange Zerreißprobe. Jetzt, wo er grinsend im Hausflur stand und die Reisetasche abstellte, erkannte sie die Worte von damals in seinen Augen. Sie hatte verstanden, ihre Liebe nicht teilen zu müssen, ihr Herz gehörte nur ihm. Mit dem Verlangen verhielt es sich dagegen so, wie es beide prophezeit hatten. Ideen, die Sehnsucht nach ihnen erträglicher zu machen, davon würden Andreas und Ingo wohl genügend im Kopf haben.

»Wann kommt Andreas?«

»In einer Stunde.«

Ingo zog sie in seinen Arm, die Aufregung in ihrer Stimme konnte sie nicht verhindern. Sich vielleicht heute Nacht ihren Fantasien mit beiden hinzugeben, lehnte ihr Verstand vehement ab. Wie sie den ins Abseits drängen konnte, hatte sie Andreas gelehrt.

»Nervös?«

Sie zuckte mit den Schultern und lehnte sich an seine Brust. Sanfte Lippen zogen sich unter ihrem Haaransatz entlang. Sein Atem kitzelte an ihrem Ohr.

»Kleines, nichts von dem, womit dein schönes Köpfchen nicht zurechtkommt, wird geschehen. Daran wirst du immer denken, okay?«

Sie nickte und spürte ihre Zähne. Sofort hörte sie ihn lachen. »Es sei denn, du kannst heute Abend auf die aufreizende Knabberei nicht verzichten. Dann garantiere ich für nichts.«

»Was habt ihr Männer nur für ein Problem damit? Ehrlich, das kann ich nicht nachvollziehen. Ich bemerke es überhaupt nicht.«

Der Ärger verflog, als sie seine geballte Mitte an ihrem Hintern spürte.

»Das ist das Problem, mein Schatz. Ursache und Wirkung. Eine schüchtern an ihren vollen Lippen knabbernde Frau kurbelt den Rausch an, knippst die Dominanz an und macht sie unwiderstehlich. Sie sendet damit unbewusst eindeutige Signale. Du, Anna, bist dir allerdings sehr wohl bewusst, was du tust.«

Bevor sie antworten konnte, klingelte es. Kurz trafen sich ihre Blicke. Dann war Ingo im Flur. Sie biss sich erneut auf die

Lippe und schob ihre Zunge über die wunde Stelle.

Verdammt, woher weiß er das?, fragte sie sich.

»Hallo, Anna.«

Auweia, dieser Ton. Sie schluckte heftig.

An ihrem Rücken stand Ingo, der offenbar mit seinem Bruder über die Augen kommunizierte. Die Wärme, die sich augenblicklich auf ihrer Haut ausbreitete, sollte sie beruhigen.

Stattdessen brachte der Ausdruck in Andreas Augen, der gerade die Tür hinter sich schloss, ihr Herz zum Rasen.

»Feierabend?«, hörte sie Ingos Stimme. Der klare Unterton ging ihr unter die Haut.

»Ja. Schließlich gibt es heute Abend etwas, was gegen die Vernunft sprechen könnte.«

In die dunklen Augen schummelte sich ein spitzbübisches Grinsen. Langsam näherte er sich.

Oh, Gott, dieser Mann schafft es, dass ich mich tatsächlich auf diesen Irrsinn einlasse. Es genügt völlig, wenn er mich so ansieht.

Noch immer stand Ingo hinter ihr. Sanfte Küsse landeten in ihrer Halsbeuge. Sofort stand ihre Haut in Flammen. Andreas Blick wirkte wie ein Spiegel. Sie presste sich dichter an Ingo und spürte augenblicklich dessen Erektion an ihrem Rücken. Andreas Kinn zuckte leicht, als Ingo begann, sich an ihrem Hintern zu reiben. Es war nicht mehr, als eine flüchtige Bewegung, doch im Gesicht seines Bruders deutlich sichtbar.

»Ich dachte, wir wollten gemeinsam essen«, flüsterte sie heißer.

»Das werden wir, Anna.«

Andreas stand nun direkt vor ihr, hob ihr Kinn an und fixierte ihren nervösen Blick. Nur Sekunden, dann senkte er seine Lippen auf ihre. Zurückweichen endete an Ingos Brust. Dessen Hände strichen zärtlich ihre Arme hinauf.

Weitere Worte verloren sich in einem tiefen Stöhnen. Vier Hände streichelten gleichzeitig über ihre Haut. Dann trat Andreas einen Schritt zurück.

»Was gibt es denn Schönes? Riechen tut es jedenfalls verführerisch.«

Irritiert blieb Anna stehen, blickte den Männern nach, die an ihr vorbei in Richtung Küche gingen.

»Komm, Anna, Andreas hat recht. Erst die Hauptspeise, dann den Nachtisch. Er ist der Ältere. Was er sagt, ist Gesetz.«

Eine Stunde nach einem wunderbaren Farfalle-Auflauf stand Anna im Schlafzimmer vor ihrem Bett. Andreas stand lässig an der Wand gegenüber, während Ingo seine Hand unter ihr Kleid schob. Er hatte keine Zeit verloren. Kaum, dass das Geschirr im Spüler und die Reste im Kühlschrank verstaut waren, stand er hinter ihr, hob sie auf seine Arme und trug sie ins Schlafzimmer. Vor dem Bett hatte er sie abgestellt.

Ihre Augen fielen beinahe aus den Höhlen, als er seinen Pullover über den Kopf zog. Nicht, dass sie ihn nicht unzählige Male so gesehen hatte. Das, was Andreas nebenher auf die weiche Bettdecke legte, verwehrte ihr nun einen vernünftigen Gedanken.

»So bereit für mich?«

Augenblicklich fuhr ihr die Röte auf die Wangen. Über die strich seine Zunge.

»Und diese gesunde Hautfarbe, ich liebe es, wenn du für uns errötest.«

Hinter ihr ertönte ein schmutziges Lachen. Sie kannte Andreas gut genug, um zu erkennen, was er von Ingos blumiger Ansprache hielt. Sie konnte es nicht verhindern, die kreisende Fingerkuppe in ihrer Mitte ließ sie wohlig seufzen.

»Unsere Anna spricht eine klare Sprache.«

Ingo nahm seine Finger von ihr. Sie öffnete den Mund, wollte ihm sagen, dass es sie verrückt macht, wenn er so abrupt aufhörte. Dabei wusste sie genau, worauf beide warteten.

War sie heute Nacht in der Lage, ihnen ihre Wünsche zu sagen?

Der fiese Zweifel in ihr, der sich schnell ausbreitete, war frustrierend.

»Sag es, Anna«, forderte Andreas, der sich zu ihnen gesellte.

Erschrocken wendete sie den Kopf. Die Forderung in seinem Blick ließ sie schlucken.

»Möchtest du lieber die Augenbinde?«

Endlich nickte sie. Anna, bist du völlig bescheuert?, tobte ihre innere Stimme.

Diese weiter zu verfolgen, war nicht möglich. Es war Andreas, der ihr das Seidenband anlegte.

»Willst du …« Sie biss sich auf die Lippe.

Ein Zeigefinger schob sich zwischen ihre Zähne. Wem von beiden er gehörte, konnte sie unmöglich wissen.

»… mitmachen?«, beendete Andreas ihre Frage. »Vielleicht. Möchtest du mich denn dabeihaben?«

»Tue es«, kam es rau aus der Frau, die wie Espenlaub zitterte.

»Keine Sorge, mein Schatz. Andreas mag andere Dinge als ich. Du wirst diejenige von uns sein, die in dieser Nacht am meisten genießen wird. Vertraue uns.«

»Wir werden jetzt ein Safewort vereinbaren, erinnerst du dich?«

Sie nickte.

»Werdet ihr mir die Augenbinde abnehmen, wenn ich es sage?«

»Natürlich, du bist die Hauptperson. Was wir wollen, bleibt Nebensache. Deine einzige Aufgabe ist, uns mitzuteilen, was du von uns möchtest.«

»Und es zu beenden, wenn es zuviel wird«, fügte Andreas hinzu.

Inzwischen lag Anna auf dem Bett. Die weiche Seide unter ihrem Rücken kühlte ihre überhitzte Haut. Wie viele Hände gleichzeitig über ihre Brust, den Bauch und ihre Schenkel strichen, sie hätte es nicht sagen können.

Es dauerte nur Minuten, bis in ihr der Wunsch keimte, die Augenbinde loszuwerden. Noch wagte sie es nicht. Es würde dazu kommen, ohne Zweifel.

Tomatenketchup, sprach ihre innere Stimme, sie wiederholte es immer und immer wieder.

»Unsere Frau ist verdammt heiß«, nuschelte Ingo, dessen Zunge langsam um ihre Brustwarze fuhr.

Wenigstens am Ton konnte sie die zwei identifizieren. Ihre Stimmen wiesen feine Nuancen auf. Trotzdem, sie musste es sehen. Jetzt.

»Tomatenketchup«, keuchte sie.

Sanfte Finger schoben den Stoff über ihre Stirn. Andreas lag neben ihr, den Kopf auf seiner Hand abgestützt. Ingo hatte sich nicht ablenken lassen. Unbeirrt zog er ihre Brustwarze in seinen Mund.

Anna verfing sich in Andreas Augen. Ganz langsam näherte er sich. Seine Hand legte sich hinter ihren Kopf. Er zog sie näher und küsste sie. Dann wurde er von Ingos Lippen abgelöst.

»Möchtest du sie ausziehen?«, nuschelte er zwischen dem Saugen.

Andreas schüttelte anrüchig grinsend den Kopf. Sanft schob er einen Finger in ihren Mund. Nur mit einem Blinzeln machte er ihr klar, was er erwartete. Zaghaft zog sie ihn tiefer in ihre Mundhöhle.

»Sie ist deine Frau, mein Lieber. Ich beteilige mich nur an eurem Spiel und erfülle Annas verborgene Sehnsüchte.«

Spontan vergaß sie zu saugen. Sein Finger rutschte über ihre nasse Unterlippe. Sie suchte Ingos Blick, der gerade ihre Brustwarze losließ und seine Augen hob.

»Das wirst du bald sein. Wenn du mich willst.«

Nur Sekunden und sie saß zwischen beiden Männern, sie schienen geübt im Umgang mit einer dritten Person in ihrer Mitte.

Sie spürte Andreas erwartungsvollen Blick. Still, in einem Schneidersitz sitzend, beide Hände um ihre gewölbt, während sie auf Ingos Schoß saß. Richtiger, befand sie sich zwischen seinen Beinen, was dank seiner steifen Mitte auf das Gleiche hinauslief.

Seinen heftigen Herzschlag so dicht an ihrer Haut, dazu sein heißer Atem, der sie fast verbrannte, wie sollte sie da über seinen Antrag nachdenken.

»Nimm dir Zeit. Ich kann warten.«

Sie glaubte, eine größere Gänsehaut wie jetzt könnte sie niemals wieder im Leben entwickeln. Andreas Lippen trafen hart auf ihre, wild und verlangend. Er schmeckte nach Mozzarella und Thunfisch. Begierig leckte sie sich die Lippen.

»In der Zwischenzeit genieße uns einfach«, hauchte Ingo an ihrem Ohr.

Anna ließ sich völlig in den wilden Kuss fallen, folgte der Gier nach mehr und rieb ihren Unterleib über Ingos aufgebäumter Mitte.

Wann sie nackt waren, konnte sie nicht sagen. Überall an ihr waren Hände, die sie in den Wahnsinn trieben. Dann zog sich Andreas von ihr zurück. Anna nahm es kaum wahr.

»Das Mädchen ist ein Naturtalent«, vernahm sie neben sich.

Im Augenwinkel sah sie Andreas, der wie am Anfang still auf der Seite liegend, den Kopf erneut abgestützt sie ehrfürchtig betrachtete.

Ingo schob sie von seinem Schoß, griff nach ihrem Po und hob sie auf seine Hüfte. Es machte den Eindruck, er sorgte dafür, dass sie Andreas im Blick hatte, während er sich ungezügelt in sie schob.

Damals, während der Lehrstunde wollte sie so gern sehen, was in seinem Gesicht vorging. Dieser Wunsch erfüllte sich nun und noch mehr. Ohne sich zu rühren, erlaubte er ihr einen vollständigen Blick auf seinen erregten Körper, ohne sich weiter zu beteiligen.

Ein Sturm lag in diesen funkelnden Pupillen. Dann war es Ingos Kuss, der den Blickkontakt unterbrach. Seine Lippen fanden ihre. Sie genoss das Gefühl, die Kontrolle zu haben und sich trotzdem beiden hinzugeben. Hitze staute sich zwischen ihren Beinen, ein Funke und lodernde Flammen würden von ihr Besitz ergreifen.

Ingo löste sich von ihrem Mund, wanderte mit ihm an ihrem gestreckten Hals entlang, hielt sie gefangen, als er grob in ihre Brustwarze biss. Zischend holte sie Luft. Unbezähmbar und neu, es entfesselte etwas in ihr. Anna fing ein wissendes Lächeln seines Bruder ein. Sie kam nicht dazu, es weiter zu verfolgen. Ihr Hirn verlangte, sich der drohenden Wucht der Welle, die sich aufbaute, zu widmen.

Dabei ruhte Ingo unbeweglich in ihr, füllte sie aus, wartete, worauf?

»Mehr, Anna?« Andreas Ton klang fordernd.

»Ja«, stöhnte sie und warf ihren Kopf in den Nacken.

»Augen schließen«, flüsterte Ingo. Sie gehorchte.

Erneut zogen eine undefinierbare Anzahl von spielenden Fingerkuppen über ihre Haut. Ingo hatte sie nach ihrer Antwort sanft angehoben und an Andreas Brust abgelegt. Zärtlich umfingen seine Arme ihren Körper. Er hielt sie, als sich Ingo über sie beugte. Strich ihr übers Haar, hauchte beinahe tonlos Anweisungen in ihr Ohr.

Den Inhalt der Worte zu erfassen, stand außer ihrer Macht. Sie krallte sich an Andreas Schultern fest, während sich Ingo in sie trieb. Funken wirbelten um ihr Blickfeld, doch noch hatte sie keine Zeit, sich zu beruhigen.

Ein Hand hob ihr Kinn, fordernde Lippen eroberten ihren Mund. Ingo hatte sich aus ihr zunächst zurückgezogen, sie gedreht und senkte nun seinen Kopf an ihrer Brust hinunter. Er rutschte zwischen ihre Beine und begann sich in ihrer empfindlichen Mitte zu verkriechen.

»Oh, mein Gott, er kann doch nicht«, krächzte sie.

Da waren sie wieder, die sanften großen Hände, die ihr Gesicht anhoben. Das tiefe, dunkle Braun in Andreas Augen übernahm ihr Denken.

»Lass es zu, genieße, was er dir gibt«, verlangte er.

Sie schloss die Augen, vertraute, ließ sich führen, bis die nächste Welle über sie hinweg schwappte. Schon spürte sie Ingos Härte in sich. Ihr Körper zitterte kraftlos. Aufgefangen von Andreas Armen trieb Ingo sie weiter.

Ihr nasses Haar wurde von Andreas aus der Stirn gestrichen, sie spürte seinen wilden Puls an ihrem Rücken.

»Besser?«, fragte er sanft.

Mehr, als ein Nicken brachte sie nicht zustande. Seine Hände hielten ihre Arme, stützten ihr Becken, das sich plötzlich vor Verlangen Ingos Stößen entgegenschob. Dann explodierte sie mit ihm, fiel zurück in den festen Griff, genoss den abschwellenden Orgasmus.

Erschöpft lag sie zwischen ihnen. Das liebevolle Lächeln in Ingos Gesicht spiegelte sich in der lobenden Mimik des anderen. Zwei Männer, die für sie da waren. Einer, dem sie das Herz schenkte, der andere, der sie mit seiner Kraft auffing.

»Anna, Kleines, geht es dir gut?«

Es war Ingo, dessen liebevolles Gesicht auf sie gerichtet war, als sie die Augen öffnete. Sie sah sich zunächst um.

»Wo ist …«

»Er ist gegangen, als du eingeschlafen bist.«

»Warum hat er nicht …«

Schmunzelnd nahm er sie in seinen Arm und zog die Decke über ihre Haut. »Andreas sieht gern zu, genießt, wenn sich eine Frau, die ihm etwas bedeutet öffnet. Wir sind anders, das habe ich dir gesagt.«

»Wird er immer dabei sein?«

Er küsste sie zart. »Nur, wenn du es möchtest.«

Zufrieden zog sie ihn nahe zu ihrem Mund. »Ich liebe dich, warum es mich erregt, wenn er bei uns ist, weiß ich nicht. Vielleicht stimmt etwas nicht mit mir.«

»Keine Sorge, Anna. Du bist völlig in Ordnung und passt perfekt zu uns. Soviel Glück kann ich kaum in Worte fassen.«

Die Rührung stand ihm im Gesicht. Sie küsste ihn und schloss die Augen.

Kapitel 9

»In den Zoo? Papa, ich bin zehn!«

Anna drehte sich zur Seite, um ihr Schmunzeln zu verstecken. Für einen Moment war Andreas sprachlos.

»Ja, mein Lieber, Kinder werden erwachsen.«

»Und ich werde alt?«, kam es von Andreas zurück.

Ingo suchte lachend nach Annas Hand und zog sie zum Haupteingang.

»Die Wilhelma ist nicht einfach nur ein Zoo«, versuchte Andreas seinen mosernden Sohn zu besänftigen.

»Ja, Papa, ich habe verstanden«, sagte er gedehnt und lief in Richtung des ersten Hauses.

»Was sagt man denn dazu?«

Noch immer fassungslos starrte Andreas seinem Sohn nach. Die anderen waren stehengeblieben. Anna blickte ihm in die Augen.

»So, so, du bist ein Mann, der ein Problem mit dem Älterwerden hat.«

Unwillkürlich verdunkelte sich Andreas Miene. Nur ein

Schritt genügte und er stand direkt vor hier. Ingo kicherte vergnügt und sah provokativ in die andere Richtung.

»In einer alten Lok steckt eine große Kraft«, knurrte er.

Verdammt, das wird Konsequenzen haben, fuhr ihr ins Hirn.

Er hatte sich umgedreht und stand nun neben Ingo, der noch immer grinste. Sie tauschten Worte, von denen sie nichts verstand. Dessen Inhalt aber überdeutlich in beiden Gesichtern zu sehen war.

Nach der Tierfütterung im Affengehege beschlossen sie, dass es Zeit für eine Pause war. Erstaunlicherweise hatte heute Morgen die Regenphase dieses durchwachsenen Sommers ein Ende gefunden.

Während Andreas in der Schlange des Imbisses stand, suchten Anna und Ingo einen freien Tisch. Timo schlich gelangweilt hinter ihnen her. Dann sah Ingo nach seinem Bruder.

»Du, ich werde ihm beim Tragen helfen.«

»Geh nur, wir kommen zurecht.«

Ihr Blick blieb an dem schlaksigen Jungen hängen. Dass Timo Andreas Sohn war, konnte man sehen. Plötzlich drehte er seinen Kopf. Die braunen Augen, die sie abrupt fixierten, erinnerten sie spontan an seinen Vater. Ihre Wangen bekamen eine andere Farbe, sie konnte es nicht verhindern.

»Wir wurden uns noch nie richtig vorgestellt«, sagte sie.

Der Entschluss, den jungen Mann wie einen ihrer Kunden anzusprechen, war ein probates Mittel, um ihre Unsicherheit zu bekämpfen. Es war taktisch klug und funktionierte todsicher. So schaffte sie es, ihre steigende Unruhe einzudämmen.

»Nein«, erwiderte er kurz.

Für einen Augenblick wanderte sein neugieriger Blick an ihr entlang. Sie tat es ihm gleich. Für seine zehn Jahre wirkte Timo groß. Somit kam er nach seinem Vater. Ebenso mit dem rabenschwarzen Haar und den ausdrucksstarken Augen glich er Andreas. Seine zierlichen Hände schien er von der Mutter zu haben. Sie zeugten von Feingefühl. Anna wusste bereits, dass er künstlerisch begabt war.

»Ich habe gehört, in dir steckt ein Künstler.«

Ein Lächeln verdrängte das schmollende Kind und holte einen ernsthaften Teenager hervor. Wenn auch auf seinem Shirt ein riesiger T-Rex-Saurier prangte, war jetzt schon der junge Mann, zu dem er sich vermutlich sehr bald entwickeln würde, klar zu erkennen.

Die Mädels tun mir heute schon leid, dachte sie ebenfalls schmunzelnd.

»Ja. Möchtst du mal sehen?«

Bevor sie antworten konnte, kramte er in der Hosentasche und zog sein Smartphone hervor. Genauso schnell wechselte er den Platz und strich hektisch übers Display.

Anna hob kurz den Blick, um nach den Männern zu schauen. Der Andrang am Imbiss war riesig, so blieb Timo genügend Zeit, um ihr seine Kunst zu präsentieren.

»Schau, das hier habe ich gestern gezeichnet.«

Er tippte auf ein Foto.

»Ein T-Rex, wow! Der sieht total echt aus. Ist das Kreide?«

»Klar, ich zeichne gerne erst mal mit Kreide vor. Da werden die Übergänge weicher. Später gehts dann auf Öl fehlerfreier.«

Sie war schier begeistert. Was sie sah, zeigte bereits, wohin es mit seiner Kunst gehen könnte. Auch wenn sie kein Experte in Sachen Malerei war, meinte sie, den zukünftigen Künstler schon zu sehen.

»Das ist wirklich Klasse. Zeichnest du schon lange?«

»Keine große Sache. Meine Mama ist Designerin. Sie hat es mir beigebracht.«

Anna runzelte die Stirn.

»Aber Papa ...«

Den Satz ließ er unbeendet und schielte nach der Imbissbude. Sanft legte sie ihre Hand auf seine, was ihm zu gefallen schien. Da steckte klar ein Kind in ihm, das unter der Trennung seiner Eltern litt.

»Sag mal, warum nimmst du deine Malsachen nicht mit hierher? Eine perfektere Szenerie wie hier, wirst du wohl selten finden.«

Timos Miene verdunkelte sich. »Ob das Papa gefällt? Das bezweifle ich.«

Ups, da ist der Trotz zurück. Anna grinste in sich hinein. Na mein Freund, das wird noch lustig.

Für sie spielte es auf einmal eine größere Rolle, den Jungen besser kennenzulernen als bisher. Sie fühlte sich verantwortlich und es war ihr wichtig, ein gutes Verhältnis zu ihm aufzubauen. Schließlich wollte sie Andreas in ihr Leben integrieren.

»Du kannst Anna zu mir sagen.«

Sie kam ihm zuvor, denn bis eben hatte er eine Anrede vermieden.

»Fein, ich bin Timo!«

Das Strahlen in dem Gesicht war atemberaubend.

»Soll ich mit deinem Papa das Thema besprechen? Was meist du?«

»Das würdest du tun?«

In ihrem Kopf entstand eine klare Vorstellung von dem Verhältnis seiner Eltern. Ganz gleich, wie gut sie es versuchten, vor dem Jungen zu verbergen. Sie sah ihm an, wie er sich bemühte, es Beiden recht zu machen.

»Das hat ja gedauert«, nörgelte Timo.

Ingo grinste und Andreas verdrehte die Augen.

»Du hättest dich doch mit anstellen können.«

»Nö, wir haben uns derweil super unterhalten«, warf Anna ein, was Andreas Augenbrauen noch oben beförderte.

»Anna ist voll cool, Papa. Ich habe ihr meine Zeichnungen gezeigt.«

Voller Begeisterung wedelte er ihm mit dem Phon vor der Nase herum. Offenbar war der Trotz vergessen. Die Männer wechselten Blicke, die sich sofort auf Annas Gesicht spiegelten. Außer einer leichten Röte blieb sie gelassen.

»Ich bin beeindruckt von Timos Talent. In ihm steckt ein zukünftiger Künstler.«

»Hat er von Martina.«

Der neutrale Ton ließ Timo zucken und Ingo zog die Luft ein.

Falsches Thema, sagte Ingos Blick.

Doch Anna ließ sich nicht einschüchtern. Einen Schwachpunkt in Andreas makelloser Erscheinung aufzudecken, tat ihr gut. Es bedeutete ihr viel, das Verhältnis zwischen Vater und Sohn zu verbessern, gerade in Anbetracht einer gemeinsamen Zukunft.

»Das ist echt krass. Da hat er eine gute Lehrmeisterin, ihre Handschift zeigt sich in den feinen Linien der Kreidezeichnungen. Ein Talent, das ihr fördern solltet. Vor allem, wenn bald aus ihm ein wilder Teenager wird. Zu wissen, was in einem steckt, wird ihn vor der Umwelt und der eigenen Unsicherheit schützen. Ich weiß, wovon ich spreche.« Plötzlich hatte sie die volle Aufmerksamkeit aller. »Ihr braucht mich gar nicht so ansehen. Auch ich habe eine Lebensgeschichte, nicht nur ihr!«

Ihre Stimme nahm denselben trotzigen Ton an, wie zuvor der von Timo. Dessen Miene hellte sich blitzartig auf. Sie beantwortete seine Reaktion mit einem frechen Zwinkern.

»Die Frau gefällt mir.«

Ehrfurcht schwang in seiner Stimme.

»Hm, uns auch. Cool, da hast du recht, das ist sie durchaus. Ich verrate dir ein Geheimnis, mein Sohn.«

Während er sich verschwörerisch Timos Ohr näherte, stockte ihr der Atem. Sie wusste natürlich, dass er niemals brisante Details preisgeben würde. Jedoch der dunkle Ausdruck genügte, um einen rasenden Puls zu bekommen.

»Anna gehört bald zur Familie.« Timos Kopf drehte sich zunächst zu Ingo und dann wieder zu seinem Vater.

»Onkel Ingo ist der Glückliche.«

Ist das etwa Enttäuschung in den klaren Augen des Jungen? Könnte sein, überlegte sie. Wenn du wüsstest.

Weitere Gedanken verboten sich, die könnten nämlich unwillkürlich in ihrem Gesicht ablesbar sein.

»Soweit sind wir noch nicht«, betonte sie stattdessen, worauf niemand reagierte. »Ich habe Timo vorgeschlagen, öfter in den Zoo zu gehen, um zu zeichnen.«

Gespannt hingen ihre Augen an Andreas. Auch Timo beobachtete ihn. Der lehnte sich zurück und schien seine Worte abzuwägen.

»Na ja, möchtest du das denn? Bisher dachte ich, du bist genervt vom Affen angucken. Jedenfalls hast du das heute Morgen so formuliert, denke ich.«

»Papa, ich bin …«

»Zehn, ich weiß.« Timo verschränkte schmollend seine Arme.

»Was er meint, ist natürlich ohne dich oder seine Mama«, fügte Anna schnell hinzu.

Ingos Blick wirkte wachsam. Vielleicht ahnte er die Gründe für den Zwist zwischen den beiden, was nach Annas Meinung normal war. Allerdings kam nun eine schwierigere Phase auf die beiden zu.

»Wohnt ihr denn soweit weg von der Wilhelma, dass du nicht allein herkommen kannst? Wenigstens im Sommer.«

»Nein, nur zwei Stationen mit dem Bus.«

Seine Aufregung zeigte, wie sehr er sich in Richtung Teenager entwickelte.

»Ach, so«, lenkte Andreas ein. »Jetzt versehe ich. Ja, warum nicht? Du kannst bei uns einige Zeichensachen deponieren. Besser, ich kaufe sie dir neu, dann hast du mehr Möglichkeiten und musst nichts unnötig mit dir herumtragen. Ich schlage vor, du bekommst einen Schlüssel. Dann bist du unabhängig von mir. Unter einer Bedingung: du schickst mir vorher eine WhatsApp, damit ich weiß, wo du bist. Nur zur Sicherheit.«

Timo war sprachlos. Plötzlich sprang er von seinem Stuhl und fiel Andreas um den Hals. Der nahm ihn liebevoll auf seinen Schoß. Dass alle rundherum zusahen, bemerkte Timo nicht.

»Und Mama?«, fragte er leise.

»Mit der spreche ich. Darüber musst du dir keine Sorgen machen.«

Als sie sich am Abend verabschiedeten, streckte ihr Timo die Hand entgegen. Anna nahm sie gern. Bewies es ihr doch, dass sie mit ihrer Vermutung richtig lag.

»Ich würde dich gern wiedersehen. Danke für den schönen Ausflug.«

Timo strahlte übers gesamte Gesicht, als er zum Wagen ging. Andreas stand hinter ihr und legte seinen Arm um sie.

»Dem ist wohl nichts hinzuzufügen. Auch ich hoffe, dich bald wiederzusehen, möglicherweise heute Nacht.«

Ihr schlug das Herz bis zum Hals und ihr Puls verselbständigte sich. Jedes Haar an ihr richtete sich auf. Die Sprache war ihr längst verlorengegangen.

»Ich rufe dich an!«, rief Andreas Ingo zu und stieg ins Auto.

Eine Zeit lang sahen sie dem Wagen hinterher. Dann spürte sie Ingos Hand in ihrer. Die zog sie näher heran.

»Du bist eine besondere Frau, Anna Lessing. Und ich freue mich auf den Augenblick, wenn du Anna Simon heißt.«

Sie schluckte und öffnete den Mund. Den verschloss er mit seinem. »Keine Panik, du bekommst die Zeit, die du brauchst. Heute habe ich gesehen, wie wichtig Zeit sein kann. Für Andreas war es von Beginn an schwierig, praktisch seit Timos Geburt.«

»Erzählst du mir, was zwischen seiner Frau und ihm vorgefallen ist?«

Sie schlenderten an der Wilhelma entlang, zurück zu ihrer Wohnung.

»Martina war die erste Frau, die seine Lehrstunde besuchte.« Anna schluckte. »Am Anfang wollte er in diesem Club nur sein Studium finanzieren. London ist teuer. Warum nicht die eigenen Fähigkeiten nutzen? Andreas liebt die Frauen, Sex, hat keinerlei Hemmungen und ein Händchen, den Mädels genau die zu nehmen. Dabei zeigte sich sein Talent, ihnen gewisse Dinge näherzubringen. Aber irgendwann hatte er davon genug, vor allem genug Geld, um das Ganze zu beenden. Die Vorlieben hat er aus England mitgebracht und in sein eigenes Geschäft integriert.«

»Wow!«

Ihre Schockstarre dauerte nicht lange. Die Neugier war stärker.

»Aus ihm wäre sicher ein guter Anwalt geworden. Strenggenommen kann er das noch immer sein. Aber als Inhaber des sehr erfolgreichen Clubs wird das wohl noch eine Weile dauern. Meins wäre es nicht. Da unterscheiden wir uns.«

»Er hat einmal erzählt, es war ein Fehler mit Martina.«

»Hm, stimmt. So genau weiß ich es nicht. Er schweigt dazu und ich respektiere seine Entscheidung. Tatsächlich waren sie ein paar Jahre ein Paar. Dass sich Andreas Vorlieben in Luft auflösen würden, daran hegte ich damals schon Zweifel.«

»Vorlieben? Das Teilen oder Lehren?«

»Anna, du kannst es nennen, wie du magst. Ein Mann, wie Andreas ist für eine feste Bindung einfach nicht gemacht. Er ist gern allein und unabhängig. Allerdings merkt man ihm das Alter durchaus an. Es ist stiller um ihn geworden, die Frauen betreffend. Du bist überdies die Letzte, die in den Genuss seiner Übungsstunden kommt.«

»Ach, dann hatte er damit aufgehört. Und nur deshalb ...«

»Deshalb habe ich es zugelassen, ganz recht, mein Schatz.«

Er verstummte. Über seine Wangen zog sich eine leichte Röte. Sie strich ihm sanft sein Gesicht. Sofort kam Leben in den Mann.

»Ich bin ehrlich erleichtert, dass ihr zwei ebenso Schwachstellen habt. Das macht es für mich leichter, was geschehen ist, einzuordnen.«

Er schmunzelte und zog sie in seine Arme. Zärtlich strich er ihr das Haar aus dem Gesicht.

»Hm, ich dachte, es ist das Geheimnisvolle, was dich anzieht. Nur keine Sorge, ich habe damals angekündigt, es wird zukünfig einiges mehr brauchen, um deine Neugier zu befriedigen.«

»Was meinst du?«

Erschrocken kaute sie auf ihrer Lippe, was er augenblicklich mit seinem Kuss beendete.

»Es wird wohl Zeit für eine weitere Stunde, mein Schatz. Am besten verlegen wir die in den Club, um die Spannung hochzuhalten.«

Kapitel 10

Anna nahm einen Schluck Wasser. Ihre trockene Kehle fühlte sich an, als hätte sie eine Woche in der Wüste zugebracht. Einen gewissen Reiz zu spüren, empfand sie nicht problematisch. Keine Ahnung zu haben, was heute Abend auf sie zukam, versorgte sie allerdings mit mehr Herzrasen, als gesund sein dürfte.

Ingos Ankündigung, sie eine weitere Lehrstunde erleben zu lassen, hatte ihr die Sprache verschlagen. Obendrein entfachte der pikante Ort ein gigantisches Feuer in ihr.

Vor einer halben Stunde betrat sie mit Ingo den Club. Ohne Erklärung hatte er sie in einen hinteren Teil geführt. Was ihr sofort auffiel als er eine von vier Türen öffnete, war ein angenehmer Schimmer. Als mehr konnte sie den spärlichen Lichtschein kaum bezeichnen. Er genügte, um sich zu orientieren. Mit Sicherheit wählte man das Dämmerlicht direkt unter der Decke nicht grundlos.

Es dauerte etwas, bevor das Innere klar zu erkennen war. Dunkle Wände, die im Schatten lagen, wirkten wie aus Samt.

Die Ornamente an ihnen schienen goldfarben. Geradeaus verhinderte ein bodenlanger schwarzer Vorhang die Sicht.

Im Augenblick wollte sie nicht wissen, was er verbarg. Bei seinem Anblick lief ihr ein wilder Schauer über die Haut. Ihr unruhiger Blick hatte nun alles in Augenschein genommen. An der rechten Seite des quadratischen Raumes befand sich eine weinrote Sofalandschaft. Diese sah vermutlich nicht nur aus wie Samt. Sie wirkte auf Anna beruhigend. Doch der runde Holzholm gegenüber verursachte in ihr einen Sturm, der bis jetzt anhielt.

Ein Arm legte sich um sie. Sie hatte Andreas nicht bemerkt. Dem Arm folgten Lippen, die ihren Hals liebkosten. Sie gehörten Ingo. Er stand ebenso unvermittelt hinter ihr. Beide Annäherungen musste sie verpasst haben. Tief einatmend schloss sie die Augen und lehnte sich zurück.

Der Duft der Haut des Mannes hinter ihr raubte ihr den Atem. Er roch nach Frische, erinnerte sie an eine Brise salzige Meeresluft. Andreas hingegen zog einen herben, maskulinen Geruch vor, der nicht weniger anziehend auf sie wirkte.

»Hallo, Anna! Bitte öffne deine Augen.«

Zuerst erstarrte sie. Seine Worte klangen sanft, bittend. Aber der Ton glich einem Befehl, wenn auch einem sehr leisen. Der Mann verstand es, seiner Stimme eine Dominanz zu verleihen, die ihm viele Worte ersparte.

»Erinnerst du dich, worum ich dich beim letzten Mal gebeten habe?« Sie nickte stumm. »Sag es, Anna!« Andreas Hand fuhr ihre Schulter entlang, um ihr Kinn in seine Richtung zu drehen. »Sag es, Anna!«, wiederholte er.

Derweil fühlte sie das Anspannen von Ingos Brustmuskel in ihrem Rücken. Bisher tat er nichts, als zu beobachten. Die

Szene ließ er unkommentiert. Sich nach ihm umzudrehen, um zu wissen, dass er wie sein Bruder wartete, war unnötig.

»Wenn ich zu dir komme, soll ich prezise formulieren, was ich von euch möchte.« Während sie die Worte durch die Lippen hindurchzwängte, schlug ihr das Herz bis zum Hals.

»Richtig, das waren meine Worte.«

Ingos heißer Atem sorgte dafür, dass die wenigen klaren Gedanken in ihrem Kopf versiegten, ebenso, wie die Feuchtigkeit in ihrem Mund.

»Dann weißt du ja, worauf wir warten«, hörte sie Ingo dicht an ihrem Ohr.

Sie zuckte und senkte erneut ihren Blick. Ihre Lippen bebten. »Ich … ich … will wissen, was sich in diesen Räumen abspielt«, murmelte sie.

Wenige Worte, doch sie erschöpften sie wie ein Dauerlauf.

»Wissen oder erleben?«

Wieder spürte sie Andreas Finger unter ihrem Kinn. Ihr Blick verfing sich im Dunklen seiner Augen.

»Erleben …«, hauchte sie.

»War doch nicht so schwer«, säuselte die sanfte Stimme hinter ihr, was Andreas mit dem Heben der Augenbrauen kommentierte.

»Gut, dann bekommst du zunächst einen kurzen Überblick. Dieses Mal gibt es keinerlei Zeitbegrenzung. Einzig dein Safe-Wort regelt, wie weit du gehen willst.«

»Wie hieß doch noch mal dein Safe-Wort?«, unterbrach ihn Ingo.

»Tomatenketchup.«

»Du bist sicher, dass es dir einfällt, wenn du es brauchst? Ich habe dir bereits erklärt, wie wichtig die Kürze eines solchen

Wortes sein kann.« Ihr trotziger Blick schien ihm als Antwort zu genügen. »Gut, Anna, dann Tomatenketchup.«

Ihr Puls raste. Sie biss sich auf die Lippe, um ein Keuchen zu verhindern. Das freche Grinsen in den braunen Augen zeigte, dass er genau wusste, was in ihr vorging.

»Anna, Ehrlichkeit ist jetzt das Wichtigste. Ganz gleich, was du dir bisher vorgestellt hast. Wir werden dich fragen, wie es dir geht. Wir müssen klar von dir hören, dass es dir gut geht. Sicher, kann es auch sein, dass du mehr möchtest. Das verrät uns zwar dein Körper, wissen können wir es dennoch nicht. Verstanden?«

Erneut schluckte sie und nickte. Dabei spukten die wirrsten Gedanken in ihrem Kopf umher.

Was tue ich hier?

Die Ungewissheit konnte sie für sich in Anspruch nehmen. Daran würden sich die Männer nicht stören. Hitze stieg ihr in die Wangen. Geduldig stand Ingo hinter ihr und strich ihr beruhigend über den Nacken. Das Aufblitzen der Augenbinde in Andreas Hand versetzte ihrer Unruhe eine neue Höhe.

»Ich möchte, dass du lernst, zu vertrauen. Nur zu Fühlen, ohne mit den Augen eine Vorahnung erhaschen zu können, verlangt ein absolutes Vertrauen. Dennoch wird sie es dir auch heute leichter machen.«

Noch vor Wochen wäre sie sofort davon gelaufen. Beide Männer gaben ihr Sicherheit. Ihr Körper reagierte auf sie, wie ein Kompass, dessen Ausrichtung sehr deutlich spürbar war. Im nächsten Moment legte sich der Stoff vor ihre Augen.

»Bleib so stehen, Sekunde bitte.«

Rascheln neben ihr, undefinierbar, sie holte tief Luft. Ingos Hände umfassten von hinten ihre Unterarme und schoben sie in Andreas Richtung. Etwas Weiches legte sich um ihre Handgelenke.

»Ich fixiere deine Hände. Normalerweise gehören hierzu Handschellen. Die brauchen wir heute nicht.«

Während er sprach spürte sie, wie sich ihre Hände zusammenschoben.

»Dir ein wenig die Bewegungsfreiheit zu nehmen ist eine Art Wegweiser in unsere Welt und erlaubt uns, dich so zu platzieren, wie wir uns das vorstellen.«

Andreas trat zur Seite, derweil wurde sie von hinten leicht geschoben. Die Richtung war für sie klar. Wenige Schritte und sie spürte die waagerechte Holzstange unter ihren Fingerkuppen. An der befestigte Andreas die Handfessel.

»Solange du hier fixiert bist, gehörst du uns und wirst gehorchen«, erklärte er.

»Na, na«, sagte Ingo, dessen Stimme nach einem Kichern klang. »Eher genießen. Wir wollen unser Frauchen doch nicht verschrecken.«

Andreas Atmung verriet ihr, dass er für gewöhnlich eine andere Intensität an den Tag legte.

»Richtig«, hauchte er rau. »Wir werden uns der süßen Anna anpassen. Das ist korrekt, lieber Bruder.«

Den Männern zuzuhören, machte es für sie nicht leicht einzuschätzen, ob sie noch immer spielten.

»Vertrauen, Anna«, sagte Andreas ernst. »Deine Zweifel stehen dir auf den roten Wangen. Egal, was unsere Worte bei dir auslösen, du hast dein Safe-Wort, richtig?«

»Ja«, flüsterte sie.

Sich zu entspannen gelang ihr dennoch nicht. Gänsehaut kroch ihr den Rücken hinauf. Ingo öffnete ihr Kleid. Die Zähne machten ein eigenartiges Geräusch, verstärkt durch die Zeitlupe, mit der er es tat. Dann spürte sie den Stoff über ihre Hüften hinunterrutschen. Mit nur wenigen Handgriffen besorgte Andreas den Rest. Ein leichter Luftzug bescherte ihr die nächste Gänsehaut.

Du stehst angebunden vor den gierigen Augen zweier Männer, tobte ihr Gewissen. Das tat sich mitunter noch immer schwer, mit ihrer neuen Art zu leben. Ja, pflichtete sie stumm bei. Es sind meine Männer, wir sind hier allein. Ich vertraue ihnen.

Kaum war das letzte Wort hinter ihrer Stirn entstanden, entspannte sie sich. Seit sie die geschickten Hände auf ihrer Haut spürte, übergab sie sich deren Führung.

»Spreize deine Beine, soweit es geht.«

Es war Andreas, der sprach. Ingo stand neben ihr, sie erkannte seinen Duft. Sie folgte der Anordnung, was ihn wieder hinter ihren Rücken schickte. Vermutlich zufrieden mit ihrer Reaktion, spürte sie ihn erneut dicht an ihrer Haut. Die Wärme gab ihr Sicherheit. Ebenso die Dunkelheit, sie kam gerade sehr gelegen.

»Gut«, lobte Andreas sanft. »Bis ich etwas anderes sage, wirst du dich tief nach vorn beugen. Dafür löse ich kurze die Fesseln. Danach hältst du dich am Holm fest und wirst ihn unter keinem Umstand loslassen. Verstanden?«

Sie hob kurz den Kopf in seine Richtung. »Wieso darf ich nicht …« Erschrocken verstummte sie. Der feste Griff des anderen um ihre Pobacke half dabei.

»Du nicht loslassen sollst?«, beendete Andreas ihre Frage. »Heute ist es nicht wichtig, das stimmt schon. Jedoch in Zukunft. Unsere Anordnungen während einer Session dienen einzig deiner Sicherheit. Zu gehorchen spart mühseliges Erklären, setzt natürlich unbedingtes Vertrauen voraus. Deshalb üben wir es. Ich werde dich nicht noch einmal daran erinnern, Anna.«

Sein heftiger Ton beförderte augenblicklich jeden ihrer Finger um das glatte Holz. Das Tuch rutschte an ihren Fußknöcheln hinunter. Langsam beugte sie ihren Rücken. Offenbar nicht in die perfekte Position. Dafür sorgte Ingos große Pranke. Mit leichtem Druck richtete er sie aus.

»Sehr schön, oh, Anna, wenn du dich sehen könntest«, nuschelte Ingo ehrfürchtig und strich ihr übers Haar.

»Ich sagte schon, unsere Anna lernt schnell.«

Hände drehten ihren Kopf, allmählich konnte sie die nicht mehr eindeutig zuordnen. Warme Lippen legten sich auf ihre, spielten mit ihrer Zunge.

»Kleines, du schmeckst so unglaublich«, seufzte Ingo.

»Wie fühlst du dich, wenn du zwar weißt, dass wir beide bei dir sind, du aber nicht erkennen kannst, wer dich verwöhnt?«

Die Frage ergab durchaus Sinn. An ihrer Schüchternheit hatten sie zwar gearbeitet, die Unsicherheit blieb jedoch.

»Es gefällt mir. Ich weiß nicht … nicht warum?«, schickte sie hinterher, als sie endlich den Mut dazu fand.

Eine Hand glitt um ihren Kopf und nahm ihren Pferdeschwanz, während der andere sie innig küsste. Wenige Sekunden, dann wurde sein Kuss fordernder. Die Lippen verließen ihren Mund und wanderten an ihrem Schulterblatt entlang. Derweil spürte sie eine weitere Hand an ihrem Hals.

Je weiter sich die Männer in Richtung Boden bewegten, desto heftiger zog sie die Luft ein. Jetzt machte der Abstand zum Holm, um den sie gebeten wurde, Sinn. Somit gab sie Andreas genügend Platz, um ihre Vorderseite in selber Art zu verwöhnen, wie es Ingo mit der Hinteren tat.

Fingerkuppen, sanft kreisend oder fest zupackend eroberten ihre Brüste, ihren Bauch und verharrten schließlich zwischen ihren weit geöffneten Schenkeln. Gleichzeitig massierten kräftige Hände ihre Pobacken, legten sich Mittelfinger zwischen sie. Anna keuchte wild, warf ihren Kopf in den Nacken. Der Versuch auszuweichen, endete an Andreas Griff um ihre Hüften.

Eine wild spielende Zunge zog eine heiße Spur vom Knie aufwärts direkt in ihre Mitte. Ohne auf ihr Wimmern zu achten, drang sie tief ein und kreiste um ihre Perle. Den hörbaren heftigen Seufzer, der ihr entfloh, beantworteten beide mit Küssen der Stellen, auf denen sich ihre Münder gerade befanden. Sie schrie spitz auf, als Zähne kurz an ihrer Klitoris knabberten. Ähnliches erlebte ihr Hintern.

»Du bist ein Naturtalent kleine Anna«, brummte Andreas, zwischen Saugen und Knabbern.

»Da hast du recht«, hauchte Ingo, der von ihr abließ. »Ich habe nie etwas Schöneres gesehen, als unsere schüchterne Anna.«

Wieder atmete sie schneller, denn die knappe Verschnaufpause fand ein jähes Ende. Zähne, Zungen und Lippen wurden gleichzeitig durch spielende Finger ersetzt. Die gebeugte Haltung wurde zunehmend anstrengend, doch das Safe-Wort sagen?

Niemals, jedenfalls jetzt noch nicht, beschloss sie.

Inzwischen saßen beide auf dem Boden. »Wie geht es dir«, wollte Andreas plötzlich wissen.

Seine Arme hatte er um ihre Mitte geschlungen, um sich dank seiner Zunge ein weiteres Mal durch empfindliches Kreisen, in ihr Inneres vorzuarbeiten.

»Gut, glaube ich«, murmelte sie.

»Kleines du hast keine Vorstellung, was du mit uns anstellst. Allein dadurch, dass du trotz deiner Zweifel versuchst zu genießen, was wir mit dir anstellen.«

Er ersetzte seine Zunge mit zwei seiner Finger. Ihr Keuchen klang fremd in ihren Ohren. Wieder versuchte sie zu entkommen, doch dieses Mal war es der harte Griff an ihrem Po, welcher eine Flucht vereitelte.

Klar, spielten sie nicht zum ersten Mal mit ihr und vermutlich um einiges heftiger, als hier. Die Unwissenheit darüber, was sie heute Nacht noch anstellen würden und dann dieser Reiz, es zuzulassen, ging über ihre Kraft. Obendrein erwarteten sie von ihr eine deutliche Kommunikation ihrer Sehnsüchte. Ob sie es jemals über die Lippen brachte?

Jetzt waren Ingos Finger ebenfalls auf dem Weg zwischen ihre Schamlippen. Sein Bruder hatte ihm seinen Platz überlassen. Sie spürte die Tiefe, die er sich eroberte. Die Finger gekrümmt, rieb er sie an ihren inneren Wänden auf der Suche nach einem winzigen Punkt. Dass er den Weg finden würde, stand außer Frage.

Abrupt verlor sie jegliche Kontrolle, sie keuchte, wandt sich, verkrampfte ihre Finger um das Holz. Es war inzwischen zum sicheren Anker geworden. Kein Denken, nur Fühlen, ganz egal, was sie sich ausgemalt hatte.

»Sag es noch einmal«, hörte sie Andreas. Irgendwie war er weit weg. »Nicht dagegen ankämpfen, lass dich fallen.«

Jetzt übernahmen seine geschickten Hände das Massieren ihres inneren Punktes. Ingos Zunge fand einen anderen Weg in ihr Inneres. Andreas pumpte tief und zielsicher in sie. Hilflos versuchte sie Worte in ihrem heißen Verlangen zu finden.

»Was, Kleines?«

»Nicht aufhören, bitte … mehr …«

Dann überrollte sie die erste Welle, die Andreas sicher auffing. Ingo war mit ihr noch nicht fertig, beugte ebenfalls seine Finger und trieb sie an, sich ihnen zu ergeben. Ihr Körper gehorchte, bewegte sich seinem schnellen kräftigen Pumpen entgegen. Sie befand sich in einem Tunnel.

Weder wann sie den verließ, noch ihre Hände vom Holz getrennt wurden, hätte sie anschließend sagen können. Nun verharrte sie eingehüllt von wärmender Liebe zwischen beiden Männern, die sie sanft hielten. Andreas legte seine Stirn auf ihre. Ingos Mund drängte sich gegen ihre überhitzte Wange.

So blieben sie sitzen, viel länger, als sie es bisher getan hatten. Sie hielten sie unverändert, um ihren Höhenflug abzufangen.

»Das, Anna, kann erst der Anfang sein«, flüsterte Andreas und strich ihr feuchtes Haar aus der Stirn.

»Im Grunde ist viel weniger geschehen, als in unseren bisherigen gemeinsamen Nächten. Dich mit dieser Umgebung zu konfrontieren ist ein weiterer Schritt in unsere Richtung. Dich weiter zu führen, kann sehr aufregend sein. Sex allein kann das nicht schaffen. Vielleicht magst du uns beim nächsten Mal genau sagen, wonach du dich am meisten sehnst.«

»Aber nur dann, wenn du es auch willst«, fügte Ingo hinzu, der sie nun auf seinen Schoß nahm und sie an seine Brust zog.

Kapitel 11

Schneller als gedacht gelang es Ingo, einen neuen und besseren Job zu finden. Heute Abend saßen sie gemeinsam im Club. Gerade lud er alle auf einen Drink ein.

»Auf dich!«, sagte Andreas und hob sein Glas.

Die sechs Männer, die sich an der Theke verteilten, folgten seinem Beispiel. Anna hatte sich zunächst zurückgehalten und sie beobachtet.

»Das sind einige meiner Stammkunden«, erklärte Andreas und beugte sich zu ihr über den Schanktisch.

Sie schluckte und senkte den Blick.

»Deine Sub ist gut erzogen«, lobte der Grauhaarige mit einem derben Akzent.

»Sub?«

Sofort entdeckte sie das Funkeln in Ingos Augen, der schnell die Sicht auf ihren Körper verdeckte.

»Ich bin eigentlich keine …«

»Da hat sie recht. Meine zukünftige Frau«, erklärte Ingo mit unbewegter Miene.

Der Mann nickte, schenkte Anna ein freundliches Lächeln und nahm sein vorheriges Gespräch wieder auf. Ihr schlug das Herz bis zum Hals. Wann immer sie dachte für diesen besonderen Ort vorbereitet zu sein, wurde sie eines Besseren belehrt. Unter dem Begriff Sub konnte sie sich einiges vorstellen. Parallelen zu sich erkannte sie dabei nicht.

Dann spürte sie Ingos Hand auf dem Knie. Die Männer verschwanden einer nach dem anderen im hinteren Teil des Clubs. Verblüfft hob sie ihr Kinn und nutzte die Gelegenheit, als Andreas ihnen folgte.

»Warum sieht ein Fremder eine Sub in mir?«

»Weil die Frauen, die für gewöhnlich in unserem Club verkehren, genau deshalb kommen.«

»Wer will denn so etwas freiwillig?«

Die Ablehnung in ihrer Stimme klang wenig überzeugend. Das bewies der Ausdruck in Ingos Gesicht, dessen Augenbrauen sich immer weiter zusammenzogen.

»Dabei steht dir die Neugier im Gesicht.« Erschrocken schnappte sie nach Luft. Er hatte es bemerkt. »Abstreiten bringt nichts, mein Schatz.«

Sanft drehte er ihren Kopf und verschloss ihren Mund mit seinen Lippen.

»Na, Kinder, Lust zum Feiern?«

Andreas bog gerade um die Ecke. Augenblicklich stand auch in seinen Augen die Erkenntnis.

»Was ist los, Anna?«

Ingo schmunzelte. Er zählte darauf, dass sein Bruder die richtige Antwort aus ihr herauskitzeln würde. Er sah sie gespannt an und wartete. Derweil senkte sie erneut den Blick.

»Der Engländer nannte mich Sub.«

Andreas griff einfach über die Theke und fasste nach ihrem Kinn, um es in seine Richtung zu heben. Jetzt musste sie ihn ansehen.

»Darüber wunderst du dich? Ich nicht, es steckt in dir. Zwischen Schüchternheit und devotem Verlangen ist der Grat schmal. Allerdings treibt dich eher die Neugier um. Richtig?« Ehe sie antworten konnte, fuhr er fort: »Das war keine Kritik, Anna, sondern Anerkennung.«

»Das glaube ich nicht. Wieso denkst du …?«

Ingo warf seinem Bruder einen Blick zu, der ihr den Atem nahm. Andreas schob die Getränke beiseite und trat hinter der Theke vor. Dabei forderte er ihre Hand. Zwischen der und den vollen Gläsern blickte sie hin und her.

»Die genießen wir anschließend.«

»Aber …«

Weiter kam sie nicht. Ingo stand direkt hinter ihr.

»Komm mit, ich denke, wenn du dir selbst ein Bild machen kannst von dem, was hier abläuft, bringt es tausend mal mehr, als eine lange Erklärung.«

Rasender Puls sprengte beinahe ihre Adern, ein mulmiges Gefühl in der Magengegend, dennoch schlich sie neben den Männern her. Die gingen den Flur entlang bis zur hintersten Tür. Dort blieben sie stehen und warteten. Leise öffnete Andreas die Tür.

Wie im restlichen Club war auch hier die Beleuchtung der brisanten Bestimmung perfekt angepasst. Zum Herzrasen kam nun auch noch die Aufregung hinzu. Natürlich hatten beide nichts weiter gesagt, zu dem, was sie erwartete.

Der Clubraum glich dem, den sie schon besucht hatten. Außer einem breiten Vorhang, der die gesamte Wand abdeckte, gab es nur wenige Unterschiede.

»Setz dich bitte«, sagte Andreas mit gedämpfter Stimme.

Offenbar war der Raum hellhörig, vermutlich beabsichtigt.

Er zeigte auf ein halbrundes Clubsofa, das den halben Raum einnahm und zum Vorhang ausgerichtet stand. Während sich Ingo neben sie setzte, zog Andreas den Vorhang zurück und löschte das Licht.

Sofort erschrak sie, dennoch blieb ihr Blick am Geschehen im anderen Zimmer hängen. Hinter dem Stoff verbarg sich eine Glaswand. Im diffusen Licht waren die Personen im anderen Raum nicht vollständig zu erkennen. Was für die Akustik nicht galt.

Anna mit dem Rücken zugewandt stand der Engländer von vorhin. Gerade legte er seine Hand auf den Kopf einer Frau in Dessous, die mit auf dem Rücken gefesselten Händen und geneigtem Kopf auf einem weinroten Kissen kniete.

Jetzt trat der Mann näher und wickelte ihre Haare um seine Faust, zog ihrer Kopf zurück und presste seine Lippen auf ihre. Anna hörte ein Keuchen. Im selben Moment erstarb der Kuss.

»Habe ich dir einen Ton erlaubt?«

Die Frau brummte. Für Anna hörte es sich an, als bemühte sie sich angestrengt, der Anordnung Folge zu leisten.

»Sie ist noch in der Ausbildung«, flüsterte Ingo.

Schweiß stand Anna auf der Stirn. Zu erkennen, dass Andreas ihre Gesten und Mimik genau beobachtete und er es analysierte, musste ihr niemand sagen. Es war eine Tatsache. Sofort schummelten sich Bilder in ihren Kopf und die verursachten einen noch heftigeren Puls.

Derweil fixierte der Mann die Frau, die es inzwischen geschafft hatte, stumm die Knie fest aufs Kissen zu pressen. Erneut senkte sich sein Mund auf ihren. Dann fuhr er mit der Hand über ihre Brust, presste Daumen und Zeigefinger zusammen. An der abrupten Bewegung ihres Brustkorbes konnte Anna die Härte des Zugriffs erahnen.

Nun war es an ihr, die Luft heftig einzuziehen. »Geduld, Anna, wir haben dich genau im Blick. Was auch immer dir an dieser Session gefällt, wirst du bekommen.«

Ein Schmerzensschrei lenkte Anna von Ingo ab. Der wurde von einem klatschenden Geräusch verursacht, von einer Hand. Wie er die so schnell auf ihren Hintern richten konnte, war Anna ein Rätsel.

»Schau genau hin, es war nicht seine Hand«, erklärte Andreas ruhig.

Richtig, jetzt, wo er sie darauf hinwies, erkannte sie das Gerät, das er erneut auf die nackte Haut schlug.

»Er benutzt ein Paddle. Ehe du erschreckst, es ist eines ihrer Absprachen, an die er sich immer zu halten hat. Außerdem kennt sie ihr Safe-Wort, für den Fall, dass sie sich heute Abend zu viel zugemutet hat.«

Wieder streichelte seine Hand über die Wange der Frau, strich über ihr Haar und dann hob er ihr Kinn. Er beugte sich zu ihrem Ohr hinunter. Was er sagte, konnten sie nicht hören.

»Zeit, sie allein zu lassen. Ich meine, du hast von ihrem Spiel einen klaren Eindruck gewonnen. Fürs erste ist es genug. Komm!«

Ungern löste sie ihren Blick von dem Spiel der anderen. In ihrem Innern fand ein Aufruhr statt, der seines Gleichen suchte. Es war nur zu deutlich, wie viel sie eben ihren Männern offenbarte. Denn als Ingo die Tür hinter ihr sanft ins Schloss zog, raunte er:

»Wie ich sehe, möchtest du gern weiter zusehen. Leider ist das nicht möglich. Auch hierfür haben wir klare Regeln. Sie sind auch für uns Gesetz. Ab jetzt legt unser Pärchen Wert auf Privatsphäre.«

»Das, meine Liebe, ist eine typische Dom/Sub/Beziehung. Sie genießt es, die Kontrolle über ihren Körper abzugeben. Allerdings wird sie noch eine Zeit benötigen, um alle Fertigkeiten draufzuhaben, damit sie sich fallen lassen kann.«

»Nicht wirklich? Das meinst du nicht im Ernst?«

Anna war nicht verärgert oder misstrauisch, sie war verblüfft. Sich vorzustellen, sich selbst einer solchen Erniedrigung hinzugeben, lag außerhalb ihres Verstehens.

»Da irrst du, Anna. Es hat nichts mit Erniedrigung zutun, ganz im Gegenteil. Die Frauen, die zu uns kommen, suchen sich ihren Dom aus, es sei denn, sie bringen jemanden geeigneten mit. Keiner der Männer hat das Recht, sich ungefragt einer Frau zu nähern, geschweige denn sie zu berühren. Von allem anderen will ich gar nicht erst sprechen. Absolut ausgeschlossen.«

»Und ihr?«

»Eifersucht steht dir genauso gut wie Schüchternheit, Anna«, sagte Ingo. »Für uns gilt dasselbe. Du bist die einzige, die ich mit in unseren Club genommen habe, ohne dass ich ihr davon erzählte.«

»Stimmt, uns gehört der Laden. Aber ich muss dich enttäuschen. Du darfst leider nur zwischen uns beiden wählen.«

»Das kann ich nicht. Das weißt du.« Ihre Aufregung hatte sie inzwischen vergessen.

Die Männer lachten gleichzeitig. »Was bin ich froh über deine damalige Großbaustelle«, sagte Andreas und klopfte seinem Bruder auf die Schulter. Der lachte noch immer und wischte sich die Tränen aus den Augen. Ihre spontane Empörung verschwand unter Andreas Lippen.

»Die Sehnsucht sieht man dir an. Sie steht dir direkt auf die Stirn geschrieben.«

Ihr Gesicht hob sich nach oben. Ingo gabelte seelenruhig in seinem Salat und beobachtete die anderen. Das tat er immer. Er ließ Andreas die Verhandlungen führen und genoss dann das Ergebnis.

»Der Koch hat sich heute Abend glatt selbst übertroffen«, nuschelte er vergnügt.

Anna hielt Andreas Blick fest. Der drehte sich zu seinem Bruder und schüttelte seufzend den Kopf.

»Was? Ich habe heute noch so gut wie nichts gegessen.«

»Um auf deine Sehnsucht zurückzukommen«, fuhr Andreas fort. »In dir steckt eine kluge Frau. Aber alles zur richtigen Zeit. Du allein bestimmst, was, wie oder wann du Grenzen überwinden willst. Dass du es tun wirst, ist sicher. Hier oder anderswo, ist völlig gleich. Sicher, sind die Möglichkeiten, die der Club bietet, sehr vielfältig. Aber für meinen Geschmack zu unpersönlich. Du brauchst eine bessere Atmosphäre, wenigstens für den Anfang.«

Es wurde ein langer Abend, den sie nicht zu dritt verbrachten. Der Engländer und seine Geschäftspartnerin, wie sich herausstellte, genossen einen letzten Absacker an ihrem Tisch. Staunend hatte Anna an den Lippen der Anwältin gehangen. Nicht die Spur einer Anstrengung war ihr noch anzusehen.

Wie sich die erfolgreiche Juristin nun an ihrem Tisch gab, stand im krassen Gegensatz zu der devoten Sub, die Anna gesehen hatte.

Was sie mit ihren Männern zukünftig erwartete, wusste sie nicht. Die Vorstellung hierzu manifestierte sich bereits in ihrem Kopf, ohne dass sie einen Einfluss darauf hatte.

»Ich liebe dich«, sagte sie gerührt, als sie von Ingo an seine Brust gezogen wurde.

Heute Nacht blieben sie allein. Nur an vorher festgelegten Tagen würden sie zukünftig gemeinsam die Nacht verbringen. Clubbesuche gehörten ebenfalls zu dieser Abmachung.

Kapitel 12

»Ab heute Nacht werde ich für immer in der Stadt bleiben«, begann er.

Anna hielt die Luft an. Endlich war es soweit. Kein Warten mehr auf die wenigen Wochenenden, die ihnen vergönnt waren. Rührung stand in ihrem Blick. Ingo näherte sich behutsam.

»Anna …« Unsicher trat er von einem Bein aufs andere, bevor er langsam in die Knie ging.

Dabei verschlug es dem stämmigen Mann die Sprache. Anna strich ihm ermutigend das wilde Haar hinter die Ohren. Lächelnd beugte sie sich zu ihm hinunter.

»Nur Mut, wir werden uns eben viel Zeit nehmen, versprochen.«

Ein halbes Jahr später…

An der Theke saßen die Trauzeugen zusammen und gönnten sich vor dem großen Augenblick noch einen letzten

Schluck. Andreas hob das Glas.

»Auf unser Brautpaar.«

»Und die Baugrube«, sagte Ingos Schulfreund.

»So ist es. Zieht euch nachher nicht so viel an.« Andreas lachte.

Die verrückte Idee, in der Clubsauna eine Trauung zu vollziehen, hatte ihm jedes Organisationstalent abverlangt, das ihm zur Verfügung stand. Solch einen ungewöhnlichen Wunsch hatten die Standesbeamten noch nie. Irgendwann gab der Verantwortliche nach. Die unglaubliche Geschichte des Brautpaares half dabei.

Am Ende war diese ungewöhnliche Trauung ein echtes Event. Sehr zuvorkommend und offen für jeden Wunsch des Paares, setzten Andreas engste Vertraute alles wunderbar um. Sogar der Whirlpool war inbegriffen.

Alle hielten die Luft an, als Anna in einem Traum in Weiß am Arm ihres Vaters durch die Ruhezone der Clubbar schritt. Eine extra engagierte Dekoration verpasste diesem Club eine unglaubliche Atmosphäre. Nervös stand Ingo am Altar und schaute seinen großen Bruder an.

»Kleiner, nur Mut. Wenn einer diese Frau verdient hat, dann du.«

Tief einatmend sah er seiner Braut entgegen. Jeden Schritt, den sie auf ihn zukam, erinnerte ihn an die Frau, die ihm damals jeden Morgen versüßte. Dass sie ab heute nur noch ihm gehören sollte, machte ihn stolz. Ein Blick in die Augen seines Bruders genügte um zu wissen, wie sehr er sich ebenso auf diese Verbindung freute.

Dennoch hatten sich vergangene Nacht Schuldgefühle eingestellt. Den Monolog über seine verstorbene Frau hatte Andreas stoisch über sich ergehen lassen. So, wie er es immer tat. Er sorgte dafür, dass Anna in Zukunft zu ihrem Leben gehörte.

»Morgen wirst du diese wundervolle Frau heiraten. Ein Zögern gibt es nicht. Vergiss es! Schlimmstenfalls zerre ich dich höchstpersönlich zum Altar, mein Lieber.«

Ingo hatte gestöhnt und unbeholfen nach seinem Glas gegriffen.

»Ich weiß, was dich quält. Anna liebt dich und ich werde immer für euch da sein. Alle mögen sie, sogar Martina. Ein Umstand, den ich nicht nachvollziehen kann. Das wichtigste ist aber, dass Timo sie akzeptiert und gern hat. In fünfzehn Stunden wirst du Anna in dein Leben holen, verstanden?«

Als Andreas noch einmal einschenkte, hatte Ingo nur noch genickt.

»… dann antworten Sie mit Ja!«

Ingo blickte in die Augen seiner wunderschönen Frau und sagte mit sicherer Stimme. »Ja, das will ich!«

An der Theke flüsterten die Gäste. Der Club war brechend voll. Es musste sich herumgesprochen haben, was sich in den ehrwürdigen Räumen zugetragen hatte.

Ungläubig drehte der Engländer seinen Kopf.

»Hast du ein Problem damit?«, fragt eine freche Stimme hinter ihm.

Augenblicklich griff er in ihr Haar, zog sie vom Barhocker und zwang sie auf die Knie.

»Darüber sprechen wir in zehn Minuten noch einmal.«

Sie drückte ihren Rücken durch und nickte still.

»Hast du das gesehen?«, fragte Anna aufgeregt.

»Sicher, es gehört zu ihrem Spiel. Inzwischen bewies unser Freund Amor ein glückliches Händchen auch bei diesen Zwei. In vier Wochen sind wir zu einer weiteren Hochzeit eingeladen.«

Ingo grinste über Annas erschrockenen Gesichtsausdruck. »Sie hat den Brautstrauß gefangen.«

»Ja, und der wird wohl in der nächsten Stunde eine ganz besondere Rolle spielen.«

Anna bekam spontan einen verklärten Blick und ihre Wangen nahmen einen zart-rosa Schimmer an.

»Sehnsucht oder Neugier, Anna? Du hast die Wahl, wie immer.« Kurz fing er ihren Blick ein. »Hochzeitsnacht, mein liebes Frauchen, wie genau möchtest du die verbringen?«

Der tiefe Ton, den er unter seine Frage gelegt hatte, ließ sie die Zähne über die Unterlippe schieben.

Nachdenklich beobachtete er seine erregte Frau. Nach einer Weile sagte er: »Komm, Anna, lass uns sehen, was der Engländer mit den Blumen anstellt.«

Danksagung

Nach 'Pia' und 'Lisa-Marie', folgt nun die dritte Geschichte der Reihe: 'Fire and Night', unter meinem Pseudonym. Ein neuer Weg mit anderen Geschichten.
Aus den einstigen Probeleserinnen wurde inzwischen eine tolle kleine Gemeinschaft. Ich kann mich nur bedanken und hoffen, dass ihr mich auch weiterhin begleitet.

Ebenso danke ich meiner stetig wachsenden Instagram-Communitiy. Ihr habt mich immer wieder ermutigt, diesen Weg zu beschreiten. Es tut gut, neugierige Leserinnen an meiner Seite zu haben. Während der Leipziger Buchmesse sind mir so viele neue liebe Bookies über den Weg gelaufen, die spontan zu Helfen bereit waren, ich danke euch.

Besonders freut es mich, dass ich mit Rivkah Charnelat - @rivkah-charnelat eine ganz liebe Autorenkollegin und Mit-streiterin gefunden habe. Auf ihre Unterstützung kann ich immer zählen. Vielen lieben Dank dafür.
Auch bei diesem Projekt durfte ich auf die tolle und unkomplizierte Zusammenarbeit mit der Designerin Florin

Sayer-Gabor - www.100covers4you.com zählen. Dieses Cover hat mir ehrlich gesagt den Atem geraubt. Ein ganz großes Dankeschön, liebe Florin.

Wie immer gebührt meinem Sohn ein großes Dankeschön. Die Betreuung der mimosen Technik hat er wie immer perfekt sichergestellt.

Am Ende gebührt mein Dank noch zwei wichtigen Helferinnen. Ich weiß, ihr wollt im Hintergrund bleiben. So sage ich nur leise Danke an die Rotstiftfraktion, die meinen Texten mit viel Fleiß und Geduld den letzten Schliff gab. Vielen Dank für eure Hilfe!

Romane unter meinem Klarnamen - Heike Gehlhaar

Deal der Versuchung - Just for me

Klappentext:

Wie würdest du dich entscheiden? Ein frivoles Angebot, prickelnd, gefährlich aber durchaus lukrativ – schlägst du es aus?

Nicolas

Ich bekomme immer, was ich will – und ich will Stella Maria De Luca. Klar verrät der Name ihre Herkunft, mir egal. Sie ist scharfzüngig, klug und atemberaubend schön.

Sie muss mir gehören, alternativlos!

Mein Angebot: ein Deal, unverschämt, lasziv und dennoch attraktiv. Verführerisch genug, damit sie mir folgt?

Stella

Nicolas Christen ist ein Teufel: charmant, verboten heiß, arrogant und gefährlich. Sein Angebot ist für eine De Luca inakzeptabel. Gäbe es da nicht die Leichen in meinem Keller.

Es wäre die Chance, mich der Verantwortung zu entziehen, wenigstens vorübergehend. Ein Trip an die schönsten Metropolen der Welt, dazu seine dunkle Ausstrahlung und respektable Geschäfte sind äußerst verlockend. Angesichts seiner dreisten Erwartung ist mein Betrug nur recht und billig.

Was bleibt mir für eine Alternative?

Gut, Luzifer, lass uns das heiße Spiel beginnen. Auch wenn ich mich frage: Wer von uns wird zuerst verbrennen?

Einzelband

Genre: Mafia-Romanze

ISBN Softcover: 978-3-384-45739-4 ISBN eBook: 978-3-384-45740-0

The Black Rose – Verlangen – Teil 1

© 2022 Heike Gehlhaar

Klappentext:

Du glaubst, dein Körper folgt deinem Befehl? Dann schließe deine Ohren!

In den Weiten der schottischen Highlands erwacht eine dunkle Romanze zum Leben. Polly kehrt nach dem tragischen Verlust ihres Großvaters in die malerische Landschaft zurück, nur um zu erfahren, dass der Familiensitz und die betörende Rosenfarm seit Generationen von einem finsteren Geheimnis umhüllt sind. Alle Hinweise führen zu dem düsteren Schloss des faszinierenden Earl of Gill.

Um das Erbe ihrer Familie zu schützen, schlüpft Polly in die Rolle einer Unbekannten und ergreift eine verlockende Gelegenheit, die sie tief in das Herz des Schlosses MacGill führt. Doch in den Schatten der dunklen Gemäuer lauert eine verführerische und dominante männliche Stimme, die erotische Befehle in die Dunkelheit haucht.

Wer ist dieser geheimnisvolle Unbekannte?

Pollys Welt gerät aus den Fugen, als unerwartete Leidenschaft und sinnliche Versuchungen sie überwältigen. Erotik, die bisher in ihrem Leben keine Rolle spielte, entflammt ihre

Sinne und hinterlässt ein berauschendes Verlangen in ihrem Inneren. Als sie schließlich erkennt, wem die verlockende Stimme gehört, die ihren Körper beherrscht, ist nichts mehr so, wie es war.

Begib dich auf eine Reise in die Dunkelheit der Leidenschaft und der Sehnsucht, wo Geheimnisse und Verlangen aufeinandertreffen und die Grenzen zwischen Lust und Liebe verschwimmen. 'The Black Rose - Verlangen' ist der Auftakt zu einer sinnlichen Trilogie, die deine Fantasie beflügeln wird.

Auftakt der Trilogie
Genre: Dark-Romanze

ISBN Softcover: 978-3-384-01841-0 ISBN Hardcover: 978-3-384-01842-7 ISBN E-Book: 978-3-384-01843-4

The Black Rose – Verlangen – Teil 2
© 2023 Heike Gehlhaar

Klappentext:

Du brauchst ihn, wie Sauerstoff für deine Lunge. Nur ein einziger Blick genügt und du vergisst wie man atmet ...
Seit Pollys Flucht ließ Ian nichts unversucht, sie in seinen Strudel aus Verlangen und Leidenschaft zurückzuholen. Geschäfte in Mexiko, seine Vorstellung von einer Traumhochzeit und der Titel 'Countess MacGill' bleiben tabu. Stattdessen erfüllt er ihre geheimsten und dunkelsten Fantasien. Schnell lodern die Flammen auf. Heißer und verzehrender, als vor einem halben Jahr.

Als Therese stirbt, tritt der charismatische Engländer Aiden Tayler in Pollys Leben. Gleichzeitig bedrohen die Geister der MacGills Ians Welt und seine Liebe zu Polly. Zwei Welten, die unaufhaltsam zu zerreißen drohen. Wird die sinnliche Liebe zwischen Polly und Ian den Weg zu einer gemeinsamen Zukunft ebnen?

Bist du bereit für eine aufregende Fortsetzung, die dein Verlangen nach Verbotenem und die Sehnsucht nach Liebe in all ihren Facetten wecken wird? Dann tauche ein in die Welt von Rosen und Gin und erlebe eine heiße Geschichte, die deine Sinne entfachen wird.

Fortsetzung der Trilogie

Genre: Dark-Romanze

ISBN Softcover:978-3-384-03128-0 ISBN Hardcover: 978-3-384-03129-7 ISBN E-Book: 978-3-384-17994-4

The Black Rose – Liebe - Teil 3

© 2024 Heike Gehlhaar

Klappentext:

Du hast ihn verloren … Dein Verstand jubiliert … Dein Herz blutet …

Seit dem Weihnachtsfest steht Pollys Welt Kopf. Obwohl Aiden Tayler nur ihr Stiefbruder ist, nutzt sie die Situation, um sich von ihm zu entfernen. Ihr Herz gehört Ian, doch er lebt in Mexiko in den Armen einer anderen. Polly plant, Schottland zu verlassen und in Wien ein neues Leben zu beginnen.

Als Isobel nach Mexiko beordert wird, um Ian aus riesigen Schwierigkeiten zu retten, überschlagen sich die Ereignisse. Ahnungslos gerät sie in die Falle des korrupten Castello-Clans, und das Ende der siebenhundert Jahre alten MacGill-Dynastie scheint besiegelt.

Es liegt in Pollys Händen, das Schicksal zu wenden. Wird sie die richtige Entscheidung treffen?

Bist du bereit für ein Finale, das dich an deine Grenzen führen wird?

'The Black Rose - Liebe' - heißer und dramatischer als je zuvor. Erlebe ein fesselndes Ende, das alle Erwartungen sprengt. Für Frauen zwischen zwanzig und fünfzig Jahren, die das Verlangen nach Verbotenem und die Sehnsucht nach Liebe in all ihren Facetten kennen.

Finale der Trilogie

Genre: Dark-Romanze

ISBN Softcover:978-3-384-03128-0 ISBN Hardcover: 978-3-384-03129-7 ISBN E-Book: 978-3-384-17994-4

Florentina - Liebe fragt nicht © 2022 Heike Gehlhaar

Die zauberhafteste Liebesgeschichte seit es Romanzen gibt.
Diese wunderschöne Rezitation ist aussagekräftiger als jeder Klappentext:

Bist du bereit für eine atemberaubende Reise in die Welt verbotener Leidenschaft? In 'Florentina - Liebe fragt nicht' entfaltet sich eine leidenschaftliche Romanze, die die Grenzen zwischen Liebe, Verlangen und der dunklen Seite der High Society Bostons aufreißt.

Die Geschichte nimmt ihren Anfang an der Seite des renommierten Starchirurgen Leander Carwell und seiner jungen Frau Florentina. In der Welt der High Society, wo Luxus und Privilegien regieren, fühlt sich Florentina so verloren wie ein Schiff in einem Sturm. Die introvertierte und emotionslose Natur ihres Mannes lässt sie nach echter Leidenschaft dürsten, und genau diese Sehnsucht führt sie auf einen gefährlichen Weg.

Während einer glamourösen Gala, auf der Florentina als schmückende Ehefrau erscheinen muss, begegnet sie dem geheimnisvollen Ukrainer Wassyl Gurow. In nur wenigen Augenblicken verliert sie sich in seinem erotischen Charme und findet sich in einem Strudel der Begierde gefangen. Obwohl ihr Verstand protestiert, wird ihr Verlangen nur noch intensiver. Der hungrige Blick, der kühl und anzüglich über ihren Körper wandert, und die Spuren seiner Berührung auf ihrer Haut hinterlassen einen bleibenden Eindruck.

Doch plötzlich wird Leander tot aus dem Fluss geborgen. Ein düsterer Verdacht liegt in der Luft. Waren seine Geschäfte mit den mächtigen Gurow-Brüdern verantwortlich für sein tragisches Schicksal? Florentina steht vor einer zerreißenden Entscheidung, während die Schatten der Vergangenheit und die gnadenlosen Gesetze des Familien-Clans über ihr schweben.

'Florentina - Liebe fragt nicht' ist eine fesselnde Romanze, die dich von der ersten Seite an packen wird. Heike Gehlhaar entführt dich in die Welt der High Society und der verbotenen Leidenschaft, wo die Grenzen zwischen Richtig und Falsch verschwimmen.

Die Protagonisten werden dich auf eine emotionale Achterbahnfahrt mitnehmen, bei der Liebe und Verlangen auf eine harte Probe gestellt werden.

Bist du mutig genug, dich in die Welt von Florentina und Wassyl zu stürzen und das Geheimnis hinter Leanders Tod zu lüften? Tauche ein in diese atemberaubende Geschichte, die beweist, dass die Liebe keine Fragen stellt – sie fordert uns heraus, alles zu riskieren.

'Florentina - Liebe fragt nicht' - Überall erhältlich, wo es Bücher gibt. Lass dich von der Liebe ohne Tabus verführen!

Einzelband

Genre: Liebesroman zum Wohlfühlen

ISBN Softcover: 978-3-347-69002-8 ISBN Hardcover: 978-3-347-69003-5 ISBN E-Book: 978-3-347-69004-2

Thrillerzeit

Niemand hört dich schreien

©2021 Heike Gehlhaar

Klappentext:

Ein siebenhundert Jahre währender Familienfluch - uralte Mauern verbergen unsagbaren Reichtum und eine unrühmliche Geschichte, versteckt und vergessen unter dunklen Fichtennadeln …

Als die Autorin Rita Dankeschön den Landsitz der Familie Balandero mietet, haben sie und die zehn Gäste ihres Erzählwochenendes keine Ahnung, worauf sie sich damit einlassen. Schon bald geschehen bösartige und gefährliche Dinge, die so alt sind wie die vom Efeu überwucherten Mauern. Dabei erscheinen ihnen zunächst die absurden Vorfälle und unheimlichen Begegnungen, die jeden in Angst und Schrecken versetzen, wie Einbildungen.

Doch als die ersten Gäste spurlos verschwinden wird klar, einer von ihnen spielt ein doppeltes Spiel. Zu spät für eine Flucht wird es bald zur Lotterie, wer von ihnen das Landgut lebend verlassen wird.

Eine atemberaubende Jagd zwischen Horror und Mystik, in der du schnell die Realität verlieren könntest.

Bist du bereit, jeder Minute dieses scheinbar harmlosen 'Erzählwochenendes' zu folgen? Überlege dir gut, ob du deinen Fuß auf das uralte Anwesen setzt! Es könnte deine letzte Entscheidung sein ...

Einzelband
Genre: Mystischer Thriller
ISBN:
978-3-347-42479-1 (Paperback)
978-3-347-42480-7 (Hardcover)
978-3-347-42481-4 (e-Book)

Bald unter meinem Klarnamen:

'Kommissar Schäfer und die Tote im Felsentheater'

Klappentext:

Als der Stuttgarter Kriminalhauptkommissar Roland Schäfer mit dem Plan, bis zum Ruhestand in beschaulicher Thüringer Idylle auszuharren ankommt, ist er alles andere als begeistert. Nicht nur seine Unterkunft, ein altes Fachwerkhaus, das seine Eigentümerin verträumt ihr Schmuckstück nennt, ist abscheulich. Ähnlich würde er seine ziemlich dominante Sekretärin Petra beschreiben. Einfach jeder im Revier steht unter ihrer Fuchtel. Sie weiß die Ost-West Kabbelei im Revier zu schüren.

Dann kommt es noch schlimmer. Nur wenig später ist es mit der ersehnten Ruhe endgültig vorbei. Ausgerechnet Petra wird im Wald zwischen moosbewachsenen Felsen tot aufgefunden. Ein scheußlicher Anblick. War es ein Unfall? Schäfer bezweifelt das. Obendrein weiß seine nervige Vermieterin mehr als gut für sie ist.

Genre: Regionalkrimi

Auftakt einer fünfteiligen Reihe
Erscheint im September 2025

Romane unter dem Pseudonym Zoe Violett:

©2024 Zoe Violett

'Pia' aus der Reihe: 'Fire and Night'

Diese Romanze-Kurzgeschichte aus der Reihe ist der Auftakt zu Projekten unter einem Pseudonym.

Klappentext:

In 'Pia', dem ersten Teil der fesselnden Novellenreihe 'Fire and Night', trifft die erfolgreiche Autorin erotischer Romane auf den scheinbar gegensätzlichen Fantasy-Autor Maik Wimmer. Pia, die ihr Leben frei und unabhängig gestaltet, steht plötzlich vor einer Herausforderung, als ihr Agent sie mit Maik konfrontiert. Doch hinter Maiks schrulligem Äußeren verbirgt sich mehr, als Pia erwartet hätte.

Als Pia Maik näher kennenlernt, wird sie von seinem stahlblauen Blick und seinem unkonventionellen Stil angezogen. Zwischen ihnen entflammt eine unerwartete Anziehungskraft, die Pias bisheriges Lebenskonzept ins Wanken bringt. Ein Messetag und Maiks kritische Analyse von Pias Romanen führen dazu, dass sie beginnt, hinter seine äußere Erscheinung zu blicken. Mutig fordert sie ihn heraus, ihre vermeintlichen sinnlichen Defizite auszumerzen.

Doch als Maik sein Shirt lüftet und ein neonfarbenes Tattoo auf seinem gestählten Körper enthüllt, wird Pia mit einer Welle der Aufregung und Unsicherheit überflutet. In dieser einen Nacht steht sie vor der Entscheidung ihres Lebens: Könnte Maik ihr größtes Abenteuer werden oder der größte Fehler, den sie je gemacht hat?

Tauchen Sie ein in die Welt von 'Fire and Night' und erleben Sie mit Pia und Maik eine Geschichte voller Leidenschaft,

Spannung und der unerwarteten Kraft der Liebe, die alle Grenzen überwindet. Ideal für Leser, die sich nach einer aufregenden und zugleich romantischen Geschichte sehnen, die moderne Themen mit einer Prise Erotik und Fantasy verbindet.

Unabhängiger Einzelband
Genre: Erotische Kurzgeschichte.
ISBN Softcover: 978-3-759-72371-0

'Lisa-Marie' aus der Reihe: 'Fire and Night'

Diese Romanze-Kurzgeschichte aus der Reihe ist die zweite Kurzgeschichte zu Projekten unter einem Pseudonym.

Klappentext:

In "Lisa-Marie", dem zweiten Teil der Reihe "Fire and Night", begegnet die ehrgeizige Archivarin ihrer verbotenen Versuchung: Dr. Mirko Klepic, ihr langjähriger Chirurg, der sie seit drei Jahren durch Operationen und Nachsorge begleitet.

Während eines Seminars, an einem heißen Sommertag kreuzen sich unerwartet ihre Wege – und diesmal ist da mehr als nur eine flüchtige Begegnung.

Getrieben von Sehnsucht und Verlangen, entdeckt Lisa-Marie eine neue, intensive Seite an dem verschlossenen und geheimnisvollen Mann. In der vertrauten Gegenwart offenbart er ihr seine verborgene Leidenschaft, eine Anziehungskraft, die alle moralischen Grenzen überwindet.

Drei Tage und Nächte verlieren sich beide in einem Feuer aus Hingabe und Verlangen, das ihre Narben – innen wie außen – in einem anderen Licht erscheinen lässt. Doch die Schatten Mirkos unsicherer Zukunft und die intensive, verborgene Leidenschaft werfen Fragen auf: Wird ein Mann, wie er, seine Versprechen halten? Oder bleibt von den lodernden Flammen nichts als Asche?

Lassen Sie sich von "Lisa-Marie" in eine Geschichte voller Leidenschaft und verbotener Gefühle ziehen – ideal für alle, die sich nach intensiven Momenten sehnen und bereit sind, die dunkle Seite der Liebe zu entdecken.

Unabhängiger Einzelband
Genre: Erotische Kurzgeschichte
ISBN Softcover: 978-3-769-31476-2